Rosana Rios

HQs

Quando a ficção invade a realidade

Ilustrações de
Amilcar Pinna

editora scipione

GERENTE EDITORIAL
Sâmia Rios

EDITORA
Maria Viana

EDITOR ASSISTENTE
Adilson Miguel

REVISORAS
Amanda Valentin, Michele Tessaroto e
Nair Hitomi Kayo

EDITORA DE ARTE
Marisa Iniesta Martin

ICONOGRAFIA
Fabiana Manna

DESIGN E DIAGRAMAÇÃO
Negrito Produção Editorial

editora scipione

Avenida das Nações Unidas, 7221
Pinheiros
CEP 5425-902 – São Paulo – SP
Tel.: 4003-3061
www.coletivoleitor.com.br
e-mail: atendimento@aticascipione.com.br

2022
ISBN 978-85-262-6750-3 AL
CL: 734235
CAE: 213734
1.ª edição
10.ª impressão

IMPRESSÃO E ACABAMENTO
Forma Certa

AGRADECIMENTOS
Marcelo Naranjo, Castelo do Gibi,
Editora Devir e Editora Conrad

DADOS INTERNACIONAIS DE CATALOGAÇÃO NA PUBLICAÇÃO (CIP)
(CÂMARA BRASILEIRA DO LIVRO, SP, BRASIL)

Rios, Rosana
HQs: quando a ficção invade a realidade / Rosana Rios; ilustrações de Amilcar Pinna. – São Paulo: Scipione, 2007. (Coleção Escrita contemporânea)

1. Ficção – Literatura infantojuvenil I. Pinna, Amilcar. II. Título. III. Série.

07-4479 CDD-028.5

ÍNDICES PARA CATÁLOGO SISTEMÁTICO:
1. Ficção: Literatura infantojuvenil 028.5
2. Ficção: Literatura juvenil 028.5

PARA OLGA E JOSÉ, *meus pais,*
que lá para os idos de 1960
colocaram em minhas mãos
o primeiro gibi.

SUMÁRIO

PARTE 1
DESCOBERTA

Sábado, 10 de julho, uma e meia da tarde

Naí apareceu hoje de manhã com o *laptop* pendurado no ombro. Entrou no apartamento com aquele seu jeito alegre, como se não tivéssemos passado por tanta coisa estranha nos últimos meses. Cumprimentou minha mãe, sorriu para meu pai, invadiu o quarto e foi colocando o computador aberto bem no meio da prancheta de desenho.

— Pode ficar com ele o tempo que quiser — disse, abrindo sua enorme bolsa de lã peruana e tirando uma caixa de CDs regraváveis.

Eu sabia o que devia dizer naquela hora. Tinha preparado uma lista enorme de motivos para não fazer o que ela queria: escrever a história de tudo que tinha nos acontecido.

Primeiro, meu português é horrível. Quando escrevo nunca sei onde tem acento e onde não tem, nem concordar os verbos com os sujeitos; e sempre começo a escrever frases enormes que terminam completamente sem pé nem cabeça. Mas foi só abrir a boca pra tocar no assunto, e Janaína falou:

— Não esquente a cabeça com o português. Além de passar o corretor ortográfico do programa, eu faço uma boa revisão, arrumo o texto conforme você for escrevendo. O principal é pôr tudo logo para fora.

Esse era mais um motivo. Eu não tinha certeza de que queria contar ao mundo o que tínhamos descoberto sobre os HQs. Era uma história maluca demais! Se tornasse públicas nossas aventuras, o provável é que me mandassem para um psiquiatra. E se alguém por acaso acreditasse em tudo, poderia correr perigo. Eu sabia (e Naí também) do que certos HQs eram capazes.

— Por isso mesmo — argumentou a cabeça-dura da minha garota. — Alguém tem de mostrar o que está acontecendo. Pode ser que ainda estejamos em perigo, e se terminarmos do mesmo jeito que os outros, pelo menos vai restar uma história escrita para explicar tudo.

Ainda tentei convencer Janaína de que eu me explicaria melhor desenhando, não escrevendo. Faria uma história em quadrinhos — a única coisa que sei fazer bem. Ela fez que não com a cabeça.

— Não, vai demorar demais. E tenho medo de que eles interfiram. Está tudo calmo, agora que Loh desapareceu, mas não podemos arriscar. Você tem mesmo é que escrever tudo. Coragem, Déo! É importante fazer isso. Por nós dois. Por Jan.

Que seja, então. Por Jan eu seria capaz de qualquer coisa. Ele aprovaria a ideia, se ainda estivesse aqui. Por ele vou mergulhar nessa pilha de CDs, encarar o computadorzinho de Naí, rememorar os detalhes do que aconteceu. Prometi a mim mesmo dizer a verdade até sobre meus pensamentos mais íntimos — ainda que isso possa complicar nosso namoro. Só não vou evitar o risco de desenhar. Sei que haverá momentos da história em que não vou conseguir me expressar com palavras; aí o lápis e o nanquim vão funcionar. Quem sabe o verdadeiro lugar desta aventura não seja na vida real, e sim numa história em quadrinhos?

Tenho ainda vinte dias, até o início das aulas. Deixei o estágio na editora e prometi aos velhos que só vou voltar a procurar trabalho fixo no fim do ano que vem, se sair livre do Exército. Naí que cuide do português. Esta tarde vou sentar em frente ao *laptop* e tentar lembrar exatamente como foi que tudo começou...

ORAGEM JAN FLORESTA DESEN
IDA REAL JAN ALFA PERIGO HQ
IKER MORTE CORAGEM BIKER
ERIGO LOH LUIGI BIKER CORAG
LORESTA DESENHO LOH VIDA R
LFA PERIGO HQ NAMORO BIKE
ORAGEM BIKER LOH JAN PERIG
UIGI BIKER CORAGEM JAN FLOR
ESENHO LOH VIDA REAL JAN AL
ERIGO HQ NAMORO BIKER MOR
ORAGEM BIKER LOH JAN PERIG
UIGI BIKER CORAGEM JAN FLOR
ESENHO LOH VIDA REAL JAN AL
ERIGO HQ NAMORO BIKER MOR
ORAGEM BIKER LOH JAN PERIG
UIGI BIKER DESENHO LOH VIDA

1

MEU NOME É ÉDSON, MAS DESDE QUE ME CONHEÇO POR GENTE SÓ ME CHAMAM DE DÉO. NOSSOS APELIDOS, AQUI EM CASA, NÃO SÃO NADA ORIGINAIS. NÉLSON, MEU IRMÃO MAIS VELHO, É "NEL". NOSSO PAI É "VELHO" E MAMÃE É "RÔ". ÉRAMOS UMA FAMÍLIA DE CLASSE MÉDIA, POUQUÍSSIMO ORIGINAL E TOTALMENTE NORMAL, DESSAS BOAS PARA APARECER EM SERIADOS AMERICANOS. ISSO ATÉ QUE ME METI A DESENHAR QUADRINHOS E SAÍ COMPLETAMENTE FORA DO QUE ESPERAVAM DE MIM.

NÃO SEI DIZER COM CERTEZA QUANDO OUVI, PELA PRIMEIRA VEZ, FALAR NO BIKER.

Não era um personagem de quadrinhos muito conhecido. Houve um tempo em que TODO MUNDO NO COLÉGIO COLECIONAVA GIBIS; os mais procurados eram os clássicos. Havia edições especiais de *Batman*, dezenas de mangás, *Sandman*, raridades como *Mortadelo e Salaminho*, *Príncipe valente*. Eu havia comprado a coleção de *Asterix*, e meu colega Zécarlos torrava toda a mesada em edições de *Tintin*. Um amigo de meu irmão tinha uma estante cheia de *Charlie Brown*, *Garfield* e *Mafalda*. Nel preferia os gibis de super-heróis. Embora *X-Men* e *Spawn* imperassem entre a garotada, ele era fanático pelas aventuras do Homem-Aranha e do Gavião Negro — estas bem difíceis de achar.

JÁ EU ERA MALUCO POR DESENHO. Passava todo o tempo copiando personagens, treinando perspectiva e anatomia com uns livrinhos do tipo "aprenda a desenhar sem mestre" que comprava nas bancas de jornal.

Aos doze anos já desenhava superbem para a idade, sem ter frequentado nenhum curso especializado. Mas depois de uma fase em que me incentivavam, e o Velho adorava mostrar meus desenhos pra toda a família, veio um período de baixo-astral. Todo orgulho familiar por meu talento sumiu quando comecei a ser suspenso por desenhar caricaturas dos professores e mulheres nuas nos cadernos escolares.

Foi nessa época que estive mais ou menos namorando uma garota chamada Bárbara. O NAMORO DUROU POUCO, TERMINOU MAL, e acabei repetindo o sétimo ano, principalmente por causa de uma hepatite que me fez perder um mês de aulas e toda a vontade de estudar.

Desenhei feito louco quando estive doente. Era capaz até de copiar as velhas tiras do Henfil, desenhadas com um traço dificílimo de imitar. Foi a noiva do meu irmão Nel, a Márcia, que me emprestou as revistas do Henfil. Escondida da minha mãe, que na época cismou com os gibis e sumiu com tudo que achou em casa, desde a pobre *Mônica* até *Wolverine*. **TEMI POR MEUS ASTERIX**, mas Nel conseguiu escamotear tudo na casa da Márcia, e assim os bravos gauleses e sua poção mágica foram salvos da fúria de dona Rô.

Nesses tempos, Zeca já era **MEU MELHOR AMIGO**. Ele recortava tiras do Angeli, do Glauco e do Laerte nos jornais (proibidíssimas pelo ataque de caça-às-bruxas de mamãe) e me levava à noite, escondidas entre a matéria que, em teoria, eu devia acompanhar para estar em dia quando o médico me deixasse voltar às aulas. Na prática foi inútil. Voltei para a escola superfraco, desanimado e desenhando mais mulheres nuas que nunca. Não foi novidade pra ninguém quando repeti o ano. E lá fui eu para um sétimo ano da manhã, com treze anos nas costas, quando todo mundo da classe tinha doze.

2

POR INCRÍVEL QUE PAREÇA, NOS PRIMEIROS BIMESTRES RECUPEREI AS NOTAS ALTAS E A MORAL JUNTO AO VELHO. ESQUECI BÁRBARA, O ASTRAL MELHOROU CEM POR CENTO. DE VEZ EM QUANDO FICAVA COM GAROTAS NAS FESTAS, MAS NUNCA PASSEI DE UNS AMASSOS SEM CONSEQUÊNCIA. NEL IA SE CASAR NO FIM DO ANO, EU IA FINALMENTE TER UM QUARTO SÓ PRA MIM. E FOI NAQUELE ANO QUE, PELA PRIMEIRA VEZ, DESENHEI ACAUÃ.

ELE SURGIU AOS POUCOS, COMO ACHO QUE ACONTECE COM TODOS OS GRANDES PERSONAGENS.

Já fazia tempo que eu inventava HQs e desenhava tiras; mas Acauã era um personagem forte, e desde que tive a ideia de criá-lo soube que teria de trabalhar duro para fazer o desenho benfeito e inventar histórias convincentes.

Os primeiros desenhos saíam tímidos, EU NÃO ERA LÁ ESSAS COISAS EM ANATOMIA HUMANA. Mas desde o princípio ele teve a aparência indígena e o poder de se transformar em ave quando se concentrava e tocava a terra.

Foi no segundo semestre desse ano que andei metido com o grêmio do colégio, e, claro, acabei encarregado de desenhar cartazes para tudo que acontecia na escola. AÍ SURGIU A OPORTUNIDADE DE FAZER UM FANZINE.

Maurão, o presidente do grêmio, um dia foi atrás de mim no recreio e interrompeu meus papos com o Zeca.

— Ei, Déo! — ele veio berrando, do alto de seu metro e oitenta. — NOVIDADES. Vamos pra sede do grêmio.

Eu não tinha muita intimidade com o Maurão, mas achei ótimo ser visto em boas relações com a figura. Ele estava no nono ano e NÃO TINHA MEDO DE NINGUÉM, nem do Antenor, inspetor do colégio que — diziam — já tinha sido segurança de um bicheiro e levava pelo menos três mortes nas costas.

Zeca foi com a gente para a "sede", que não passava de uma salinha sob as escadas, bem ao lado da sala dos professores. Lugar nada estratégico para tramar conspirações. Embora quase todo mundo no grêmio se desse ares de contestador, a maior transgressão que eles haviam perpetrado até ali tinha sido trocar uns vídeos educativos (que a orientadora teimava em passar todo ano) por dois DVDs piratas de *striptease*.

FOI O MAIOR ESCÂNDALO, naturalmente, mas os DVDs eram fajutos demais. As mulheres nunca apareciam completamente peladas, o que foi uma decepção pra todo mundo que viu. O material acabou confiscado pela Coordenação, as professoras quase morreram de vergonha, e o caso não rendeu mais que um sermão do diretor em todas as classes, já que nunca puderam provar que os culpados eram Maurão e sua turma.

MAS NAQUELE DIA ELE TRAZIA ALGUMA COISA MAIOR EM MENTE, eu percebi pela pressa em chegar à sede do grêmio.

— Olha só o que a gente conseguiu! — disse, triunfante, mostrando um trem que atravancava metade da salinha.

— É a máquina de xerox da secretaria — Zeca reconheceu. — O que tá fazendo aqui?

— Eles compraram uma nova, que parece um robô. Essa aí ia ser vendida, mas eu reivindiquei pro grêmio. Fiz uma carta toda formal pro diretor, dizendo que a gente queria fazer um jornalzinho pra circular no colégio, com matérias educativas. O homem topou. Que tal?

— Funciona? — perguntei, mexendo na máquina. Não era difícil de operar, mas devia ter uns dez anos de uso na secretaria.

— Funciona perfeitamente, e VOCÊ ACABA DE SER NOMEADO PRA ORGANIZAR UM FANZINE COM A TURMA.

Achei aquilo bárbaro. Já tinha desenhado várias tiras, fizera cópias por minha conta e distribuíra aos amigos; a criação de Acauã estava chegando a um ponto legal. Fazer um verdadeiro fanzine era um sonho! Ia viajando nos planos quando Zeca me cortou.

— Não era um "jornalzinho educativo"? Como é que vamos explicar um fanzine para o diretor, a orientadora e as coordenadoras?

— Simples — começou Maurão. — Fazemos o jornalzinho com matérias escritas pelos cobras da escola. O Déo aqui desenha umas abobrinhas: mapas, órgãos do corpo humano, triângulos, et cetera e tal. Mas ao mesmo tempo...

— Sei! — berrei. — Fazemos nosso fanzine con-co--mi-tan-te-men-te.

— Palavrinha sem-vergonha essa — resmungou Zeca —, mas pode dar certo.

DEU CERTÍSSIMO. O tal jornalzinho educativo circulou até o final do ano, aplaudido pela Coordenação; o fanzine circulou por quase três anos. Era bastante procurado, fazíamos um número pequeno de exemplares e distribuíamos no maior segredo. Durante os bimestres que durou, NUNCA DESCOBRIRAM COMO ERA FEITO, COPIADO E ESPALHADO — apesar de todo mundo saber que os responsáveis éramos eu, Zeca, Maurão e uma garota chamada Débora, que estava no oitavo ano e escrevia superbem. Usávamos pseudônimos: o meu era Orelana, tirado do engraçadíssimo bode das histórias do Henfil na Caatinga. Débora assinava Mononoke, por causa de uma princesa num animê do Miyazaki.

No segundo ano de circulação do fanzine, aceitamos colaboração de gente de fora, e foi aí que, pela primeira vez, vi os trabalhos de Naí. Débora trouxe os primeiros, paisagens urbanas incríveis, cidades espaciais superbem desenhadas em preto. Fiquei fascinado pelos desenhos e quis saber quem fazia.

— MINHA PRIMA, JANAÍNA — explicou Débora. — Ela faz um curso de desenho lá perto do colégio dela. Qualquer dia te apresento.

Incluímos os desenhos da prima da Débora em várias edições do fanzine, e DALI A ALGUNS MESES NAÍ ENTRAVA NA MINHA VIDA. Pouco tempo depois ia entrar também alguém muito importante para mim: o Jan.

Mas isso foi no outro ano. Nessa época eu ainda estava começando a me envolver com Loh, também conhecido como Biker, e mergulhando mais fundo em Acauã.

3

LOGO DEPOIS DO CASAMENTO DE NEL PUS MÃOS À OBRA PARA REARRUMAR O QUARTO. MEU QUARTO. ELE TINHA DEIXADO PARA MIM A SUA VELHA CÔMODA, E ASSIM QUE TIREI AS GAVETAS PARA UMA FAXINA DEI COM ALGUMAS REVISTAS MEIO AMASSADAS NO FUNDO. NÃO SEI SE ELAS FORAM PARAR LÁ POR ACIDENTE OU SE NEL TINHA ESCONDIDO DE PROPÓSITO, NA ÉPOCA DA FÚRIA-CONTRA-GIBIS DA NOSSA MÃE.

SEJA COMO FOR, LÁ ESTAVAM ELAS, E DUAS ERAM EXEMPLARES BEM SURRADOS DO BIKER.

Eu já tinha lido algumas dessas aventuras antes, não sei onde nem quando. A história básica era comum: um ciclista zanzava por um planeta devastado depois de um holocausto nuclear; os veículos motorizados não funcionavam, pois as fontes de combustível tinham sido destruídas. OS SOBREVIVENTES SE LOCOMOVIAM COM BICICLETAS E A CAVALO. Só que os cavalos, afetados pela radiação nuclear, tinham se transformado em criaturas ferozes e difíceis de domesticar. Os agrupamentos humanos restantes tentavam sobreviver de forma meio moderna, meio primitiva — lutando contra as hordas de cavalos antropófagos e contra outros agrupamentos. Quem mandava no pedaço eram gangues de ciclistas que se garantiam pelo número e pelas armas; vendiam proteção aos mais fracos. Nesse cenário, LOH ERA UM SOLITÁRIO: ENFRENTAVA AS GANGUES E ERA PERSEGUIDO PELOS CHEFES DAS TRIBOS. Sempre escapava, pois sua *bike* era especial, e ele mesmo era uma fera que acabava fácil, fácil com os antagonistas, usando armas que só ele tinha: um chicote antigo e um punhal que cortava até aço. As histórias não eram muito originais, mas o desenho impressionava. Loh era agressivo e frio, os traços do desenhista eram diferentes dos desenhos mais bem-acabados dos gibis de super-heróis. Ele me lembrava os mangás do Lobo Solitário, mas vivia no futuro, e não num mundo medieval.

Quando comecei a ler, uma sensação estranha percorreu minha espinha. Aquele personagem me atraía, fascinava. ERA COMO SE A HISTÓRIA TIVESSE SIDO ESCRITA SÓ PRA MIM. De repente, dei com uma página muito familiar. E demorei quase cinco minutos para perceber que era exatamente igual a uma que eu tinha desenhado para meu personagem, Acauã, no fanzine daquele mês.

Corri a caçar o desenho na minha pasta de originais, e lá estava a página. QUASE IGUAL, COMO SE UMA FOSSE CÓPIA DA OUTRA. Só que na minha Acauã dormia na mata, enquanto na "dele" Loh passava, correndo. Mas o visual era o mesmo. Como podia ser? Eu não havia lido aqueles gibis antes. Meu desenho tinha sido criado havia menos de dez dias. Como era possível uma coisa daquelas?

Larguei a arrumação da cômoda, peguei as revistas e fui correndo para a casa do Zeca. Não conseguia tirar da cabeça o último quadrinho da página, onde LOH PARECIA ME ENCARAR COM UM SORRISINHO IRÔNICO.

Só não consegui convencer o Zeca de que havia alguma coisa errada.

— É coincidência, meu — dizia ele. — Ou então você leu os gibis faz tempo, e as imagens ficaram no seu inconsciente. Freud explica, certo?

— ERRADO — eu teimei. — Nunca soube que o Nel tivesse gibis do Loh. E me lembro bem do dia em que desenhei isso. Foi à noite, eu tinha de acabar as artes pro Maurão tirar cópia no outro dia de manhã. Queria uma cena em que Acauã descansava na floresta, mas não tinha achado referências nas enciclopédias...

— Tá explicado! — interrompeu o miolo mole do Zeca. — Você tirou a ideia de um livro, e o desenhista americano tirou do mesmo livro. Simples e...

TIVE DE TAPAR A BOCA DO IMBECIL senão ele não parava de falar.

— Não acabei de explicar, cara. **NÃO ACHEI NADA NOS LIVROS**, aí fechei os olhos e comecei a imaginar uma floresta do meu jeito. A imagem foi se formando bem devagar na minha cabeça... Abri os olhos e pus no papel.

— Foi o melhor desenho que você já fez — ele disse, olhando o fanzine.

— E não teve nada a ver com a enciclopédia! — concluí, triunfante.

Mas nenhuma argumentação lógica faria o cabeça-dura mudar de ideia.

— Então foi só coincidência e pronto. **VOCÊ E O TAL DESENHISTA TIVERAM A MESMA IDEIA**. Por que não pode ser? Lembra de como *O Rei Leão*, da Disney, parece com o desenho japonês *Kimba, o Leão Branco*? Isso acontece.

Se eu tivesse aceitado as explicações de Zeca, talvez nada do que aconteceu depois teria acontecido. Mas eu era tão cabeça-dura quanto ele e resolvi descobrir mais sobre o gibi, os personagens e os desenhistas.

— Tem alguma coisa esquisita aqui, e eu vou fuçar até saber o que é.

Daquele dia em diante li, reli e treli aqueles gibis. Passei a procurar em todo lugar informações sobre o Biker e seus desenhistas. Não consegui muita coisa no começo. Mas em poucos meses eu saberia muito mais do que desejaria ter sabido... Graças a Naí e Jan.

4

NÃO ME LEMBRO COM DETALHES DE COMO SE PASSARAM OS MESES DEPOIS DISSO. LEMBRO-ME VAGAMENTE DO NATAL, DA PASSAGEM DO ANO, DE TER ESTADO UNS DIAS NA PRAIA COM ZECA E DE TER FICADO UM TEMPO COM MAMÃE E O VELHO NO INTERIOR, NA CASA DE UNS PARENTES DA MÁRCIA. MAS TODAS AS LEMBRANÇAS SECUNDÁRIAS SOMEM QUANDO ME LEMBRO DA VOLTA ÀS AULAS E DO TRABALHO COM O FANZINE NAQUELE OITAVO ANO.

MAURÃO TINHA ACABADO O FUNDAMENTAL E MUDADO DE ESCOLA.

O presidente do grêmio agora era o Zeca (quem diria!), e, além de Débora e eu, tínhamos mais três pessoas ajudando a fazer o fanzine, os cartazes e a tocar os agitos do grêmio. TIVE MAIS TEMPO PRA DESENHAR, estava planejando mostrar as artes de Acauã para profissionais da área, pensando em conseguir um trabalho frila. E tinha quase esquecido as preocupações sobre Loh quando, um dia, *ela* apareceu em nossa salinha. Chegou carregada, com um *laptop* pendurado num braço e uma enorme bolsa de lã colorida no outro.

— Oi! — disse a garota, muito à vontade. — Cadê a Débora?

— Na classe — respondi, quase sem olhar pra ela. Aquele era meu único horário livre da semana e tinha de xerocar um bocado de coisas antes da próxima aula; não tinha tempo para conversa com garotas estranhas.

— Sou prima dela. Combinei de vir aqui pra falar com um tal de Déo.

Só aí percebi que ela era JANAÍNA, A MENINA DAS PAISAGENS FUTURISTAS.

— O tal de Déo sou eu — disse, um tanto mal-humorado.

A GAROTA NÃO SE ABALOU E SOLTOU SEU SORRISO MAIS SEDUTOR, que teria derretido o Wolverine, o Demolidor e toda uma legião de super-heróis durões.

— Eu queria entrevistar você pro jornalzinho do meu colégio. ADORO SEUS FANZINES e principalmente suas HQs do Acauã.

Não sei se foi o sorriso, o interesse dela, ou foi o destino. Minha pressa terminou na hora, e acabei embarcando numa comprida conversa com Naí. Eu falava e ela digitava no *laptop*. O sinal soou e ela já sabia tudo sobre as férias em que eu acampara com o Nel e a Márcia, quando tive a ideia de criar um personagem meio índio vivendo num futuro em que quase não houvesse florestas. Os poucos indígenas restantes viveriam presos e vigiados em reservas; meu personagem lutaria por eles, usando um poder que herdara dos antepassados. ERA A PRIMEIRA VEZ QUE EU FALAVA TANTO SOBRE ACAUÃ PARA ALGUÉM.

Nos meses seguintes nos encontramos muitas vezes. Ela aparecia com mais desenhos, eu ajudava na confecção do jornalzinho do colégio dela, íamos fuçar em papelarias atrás de ofertas de nanquim importado, ou simplesmente nos encontrávamos com o Zeca e a Débora para jogar *videogame*.

EU ESTAVA LOUCO POR ELA, CLARO. Já tinha saído com várias garotas, tinha até mesmo chegado a namorar a Bárbara dois anos antes. Mas nada parecido com o que eu sentia desta vez. Perto de Naí eu não me via mais como um moleque, preocupado com mesadas, broncas de pai, notas na escola. Falávamos sobre fanzines, desenhos, marcas de tinta e papéis, HQs, trabalho, dinheiro. Fazíamos planos para o futuro. EU ME SENTIA MUITO MAIS VELHO DO QUE OS CATORZE ANOS QUE TINHA. E imaginava se conseguiria um dia levar uma garota séria como ela pra cama. Era cedo para tentar. Mas do jeito que ela mexia comigo, eu tinha certeza de que um dia isso iria acontecer.

5

- ESTÁGIO? - OUVI A VOZ INTERESSADA DE MEU PAI PERGUNTAR. - ONDE?
EU ESTAVA NO QUARTO ME VESTINDO, UM TANTO NERVOSO. ERA HORA DO ALMOÇO E MINHA MÃE CONTAVA AO VELHO A NOVIDADE: NAÍ TINHA DESCOBERTO UM TESTE PARA ESTAGIÁRIOS NUMA TAL EDITORA X, QUE PUBLICAVA QUADRINHOS. EMPURRADO POR ELA, EU FORA APROVADO E CHAMADO PARA UM ESTÁGIO DE MEIO PERÍODO, E REMUNERADO!

ELA ESTAVA TRABALHANDO LÁ DESDE A SEMANA ANTERIOR E ANDAVA ENTUSIASMADA COM UM DOS DESENHISTAS VETERANOS.

Naquele dia era a minha vez de começar; mal tinha almoçado e não via a hora de sair, ansioso com a reação dos velhos.

— Será que não vai interferir com o colégio? — resmungou meu pai.

A boa e velha Rô, para minha surpresa, me defendia:

— Bobagem. Ele pode até fazer carreira nessa área. Ouvi dizer que ESSES DESENHISTAS AMERICANOS E INGLESES GANHAM FORTUNAS. De qualquer forma, ele está numa boa idade para começar a trabalhar. Você viu os quadrinhos que ele e a namorada têm desenhado...

— Vi. Cheios de violência e mágicas impossíveis. NÃO SEI NÃO...

Apesar dos resmungos do Velho, ele e mamãe (totalmente recuperada da fúria-contra-gibis) me desejaram boa sorte, e lá fui eu encontrar a Naí.

Fazia quase um ano que tínhamos nos conhecido, e uns bons seis meses que estávamos "oficialmente" namorando. Apesar da euforia com o estágio, nosso relacionamento não andava lá essas coisas. Naí não era tímida, mas ÀS VEZES SE RETRAÍA QUANDO EU TENTAVA UM CARINHO MAIS QUENTE.

"Caramba", eu pensava, "se ela não me quer, por que não vai namorar outro?"

Só que eu não dizia nada. Acho que tinha medo de falar e ficar sem ela...

No caminho para a editora, bati os olhos numa banca de jornal e dei de cara com algo quase esquecido: o sorriso irônico e desafiador de Loh, na capa de uma revista. Parei na hora. Meu coração disparou quando li o título da história numa chamada da capa: "FINALMENTE NOS ENCONTRAMOS DE NOVO"...

Naquela hora tive certeza de que nunca mais conseguiria ignorar o Biker, como ultimamente. Ele estava me desafiando. E eu ia aceitar o desafio.

Comprei o gibi. Estava adiantado para o encontro com a Naí; sentei num murinho de prédio ao lado da banca e revirei as páginas. Era uma revista da própria Editora X, com histórias de vários super-heróis do momento, alguns antigos, entrevistas sobre HQs e uma história curta do Biker. Eu conhecia aquela revista, mas era a primeira vez que via Loh aparecer nela.

Bem, trabalhando lá teria oportunidade de saber mais sobre o personagem e sua saga. Vi nos créditos os nomes do roteirista e do desenhista, americanos; mas provavelmente um desenhista brasileiro desenhara a capa da revista.

Senti a mesma perturbação de sempre.

EM VÁRIOS QUADRINHOS PARECIA QUE ELE ESTAVA SE REFERINDO A MIM. Mas a última página me tocou mais fundo. Loh estava saindo de cena depois de destruir seus inimigos, e, antes de sumir na poeira levantada por sua *bike*, encarava o leitor e dizia:

Encontrei Naí preocupada com a minha demora. Fiquei na dúvida se contava a ela sobre Loh, mas decidi que aquele não era o momento. HAVIA PREOCUPAÇÕES SUFICIENTES NO AR. Fomos direto para a editora, e ela me deixou com um tal Alfredo, chefe da redação e encarregado dos estagiários.

— Então você é o Édson? Vamos, o Jan está esperando.

Jan era o veterano de quem Naí falara. Eu tinha até ficado com ciúmes de tanto que ela elogiava os desenhos do cara, os personagens do cara, os conhecimentos do cara. E era justamente na sala dele que eu ia estagiar.

— Jan, esse é o Édson, o novo estagiário.

— Ah. Déo.

Naí devia ter falado a ele sobre meu apelido. FICAMOS NOS OBSERVANDO POR ALGUNS SEGUNDOS. Jan era um senhor, mas eu jamais adivinharia sua idade; podia ter algo entre quarenta e sessenta anos. Magro, ar tranquilo, olhos azuis, cabelos grisalhos. Acho que era descendente de holandeses. Não parecia em nada o gênio que Naí jurava que era, mas um certo brilho nos olhos dava a impressão de que poderia explodir a qualquer momento. Depois que cansou de me olhar, indicou uma prancheta meio espremida na sala (que conseguia ser mais atulhada de coisas que a sede do grêmio) e disse:

— VAMOS TRABALHAR?

6

NAS PRIMEIRAS SEMANAS, MEU TRABALHO CONSISTIU EM ESCANEAR ALGUMAS ARTES DAS PÁGINAS DE PUBLICIDADE E LEVAR OS CDS COM OS ARQUIVOS PRO PESSOAL DA DIAGRAMAÇÃO. SÓ BEM DEPOIS EU IRIA PÔR A MÃO NA MASSA MESMO – MEXER NAS PRANCHAS DOS QUADRINHOS QUE JAN DESENHAVA E DEPOIS TINHAM DE SER FINALIZADOS COM NANQUIM.

TINHA UM CARA MEIO SONOLENTO COM A GENTE, O FÁBIO, QUE JÁ FAZIA ISSO – ELE TAMBÉM USAVA UM PROGRAMA DE COMPUTADOR PARA COLORIR ALGUMAS DAS ARTES QUE A GENTE ESCANEAVA.

A maioria dos quadrinhos que a editora publicava vinha dos Estados Unidos, Japão e Europa em filmes; depois iam para a tradução e chegavam em nossa sala prontos, já com os balões preenchidos pelo letrista. Jan fazia o projeto visual das capas das revistas, das páginas nacionais e os desenhos para chamadas de propaganda.

NEM TUDO PODIA SER FEITO NO COMPUTADOR, muita coisa era desenhada na raça, antes de ser escaneada. E as artes mais difíceis ele ainda preferia aerografar, e tinha uma habilidade incrível. Eu nunca tinha mexido com aerógrafo, me esbaldava ao ver o cara trabalhar. ELE ERA GENIAL COM FIGURAS HUMANAS E MANIPULANDO CORES.

Naí ficava em outra sala, com um pessoal que cuidava da produção; ela fazia de tudo um pouco; arte-finalizava alguns dos títulos com nanquim, mas a maior parte do tempo mexia com os *softwares* de editoração, e no final repassava as provas que vinham do fotolito. Para alguém como Janaína, fazer cinco coisas ao mesmo tempo era fácil.

Naquela semana não tive tempo de falar com ela sobre Loh. Era muita novidade junta, o pessoal da editora, o começo da amizade com Jan — pois EM POUCO TEMPO JAN IRIA SE TORNAR UM DE MEUS MAIORES AMIGOS.

Ele era o único na editora que sabia o que rolava entre mim e Naí. Tínhamos combinado não mostrar qualquer relacionamento além de amizade lá dentro. Tudo tinha de ser bem profissional. A ideia fora dela, claro. Eu havia concordado com um ar tão grande de coragem que ela me gozou por dias, dizendo que eu queria bancar o herói abnegado, renunciando ao amor da heroína. Fiquei furioso com a gozação e comecei a desconfiar que ela estava a fim de se livrar de mim. Namorávamos, mas não namorávamos, uma situação esquisita. Mesmo nossos encontros de fim de semana estavam ficando sem graça. Ela chegava, me dava um beijinho de leve e pedia pra ver meus novos desenhos. A GENTE CONVERSAVA, ÀS VEZES SAÍA, MAS A PARTE FÍSICA ESTAVA FICANDO MORNA...

Depois de alguns meses estagiando, percebi que ela contara tudo a Jan. Ele tinha um jeito tão natural de tocar em assuntos complicados, que a gente se sentia à vontade e falava mais do que devia. Foi assim que, numa conversa sobre meu problema com ela, acabei falando nas coisas esquisitas que me aconteciam quando lia os quadrinhos de Loh.

— MULHERES SÃO COMPLICADAS — ele disse uma tarde, enquanto desenhava uma super-heroína mutante com um corpo fantástico numa arte de capa.

— De desenhar? — perguntou o Fábio, que estava saindo, levando um CD com artes-finais prontas para o editor. Mas foi a mim que Jan respondeu.

— De entender. — O olhar dele pousou em minha prancheta. Eu havia acabado de colorir uma arte e estava rabiscando um rosto a lápis. O dela.

— ELA GOSTA DE VOCÊ — Jan continuou. — Só não quer mergulhar em algo sério muito depressa. Vocês já transaram?

Nunca entenderei como minha timidez me deixava fazer confidências tão íntimas com ele.

— Não. Não quis forçar a barra antes, e agora ficou tudo mais complicado. Acho que nosso namoro não tem futuro.

— Duvido — ele riu, explosivamente. — Mas você fez bem em não forçar a barra. Tem a hora certa, sabe. É como aerografar. **SE VOCÊ PÕE TINTA DEMAIS, ESTRAGA A ARTE**. Tem de ir devagar, pondo a quantidade certa de água, soltando o jato no lugar certo. Mas a gente nunca sabe o que vai dar; só vai ver o resultado depois que tirar a máscara.

Para exemplificar melhor, ele tirou a máscara de filme aderente que protegia o desenho da mutante e me mostrou o resultado: perfeito. Parecia uma arte do Alex Ross. Infinitamente melhor que as artes coloridas por computador.

Depois continuou falando de mim e da Janaína:

— **VOCÊS SÃO UMA DUPLA**, dá para perceber. **É SÓ DAR TEMPO AO TEMPO**.

— É... — respondi, não muito convencido. Quando a gente está entre os quinze e os dezesseis não consegue ter paciência de "dar tempo ao tempo". Lembrei que queria contar a ela sobre os quadrinhos de Loh e acrescentei: — No fim de semana vamos conversar sobre uns assuntos... diferentes.

— Sobre sexo? — Jan perguntou.

— Ah, não — eu ri, surpreso. — É sobre um mistério que apareceu na minha vida... **SOBRE O BIKER**.

Naquele momento me ocorreu que Jan seria a pessoa ideal para me dar mais informações a respeito do personagem. Provavelmente a capa da revista que eu comprara tinha sido desenhada por ele. Fui até sua prancheta, animado, e só então percebi que o rosto dele se fechara ao ouvir falar em Loh.

— O que foi? — perguntei. — Tá passando mal?

Eu já notara que Jan sofria de algum problema físico, tomava remédios em horas certas, e NAQUELE MOMENTO SUAS MÃOS, SEMPRE TÃO FIRMES, TREMIAM.

— Não foi nada. Cadê meu remédio?

Só depois que localizou o vidro no bolso do casaco e tomou alguns comprimidos foi que se acalmou e voltou a mexer na arte que tinha acabado de aerografar. Jogou fora a máscara que tirara e perguntou, a voz indiferente:

— O que você disse sobre o Biker? Que história é essa de mistério?

CONTEI TUDO A ELE, embora por algum motivo fosse mais difícil falar naquilo do que falar em sexo. Ele me ouviu em silêncio, os olhos apertados. PARECIA ESTAR SENTINDO ALGUM TIPO DE DOR. Afinal terminei minha história.

— Não descobri muita coisa. Parece que um tal de Stan desenhava Loh até uns dez anos atrás. As histórias mais recentes que vi são assinadas por Bart. Mas são poucas. Por que, Jan? Você deve saber muito sobre Loh. Foi você quem desenhou a capa do mês retrasado, não foi?

JAN PARECIA UM VULCÃO EXTINTO, MAS ENTROU EM ERUPÇÃO, e enfim me contou.

— Foi a segunda vez que desenhei Loh numa capa. A primeira foi há doze anos, exatamente. Os filmes vinham da editora americana com desenhos assinados por Stan, o desenhista oficial. Bem, STAN MORREU EM CIRCUNSTÂNCIAS MISTERIOSAS POUCO DEPOIS DE COMEÇAR O BIKER. Por muito tempo ninguém desenhou o personagem. Há um ano Bart assumiu, contratado para tocar um projeto de renascimento de Loh. Os quadrinhos que estamos publicando agora são dessa safra. Mas só chegou material para quatro edições: BART MORREU ATROPELADO NO MÊS PASSADO, e eles suspenderam o projeto. Nem todo desenhista encara Loh, suas histórias são... difíceis.

— Aposto que você poderia encarar! — berrei, entusiasmado. — Por que não manda uns trabalhos para os Estados Unidos e...

— Déo — Jan me cortou, falando baixo e com o olhar mais sério que eu já tinha visto —, não vou fazer nada disso. Estou quase convencendo nosso editor de que Loh é um personagem sem público e que não vale a pena investir nele. Logo vai sumir das revistas e nunca mais vamos ouvir falar no assunto. O.k.?

ELE ESTAVA FUGINDO DA RAIA DESCARADAMENTE.

— E as coisas que me aconteceram? É como se houvesse alguma ligação entre Loh e meu personagem, Acauã. O que você acha que...

— Acho que não passa de coincidência e que você devia esquecer isso. Trabalhe em seu personagem e não se preocupe com esse tipo de coisa. Agora leve esta arte pro pessoal da produção escanear. Os títulos têm de ser inseridos ainda hoje.

Peguei o desenho da mulher mutante que ele me estendia e levei para a salinha em que Naí trabalhava. Jan estava me escondendo alguma coisa, eu tinha certeza. Ele falara como Zeca: coincidência.

COINCIDÊNCIA UMA OVA! Havia mais mistérios naquele personagem do que eu imaginara. Dois desenhistas mortos... Realmente, eu precisava muito ter uma longa conversa com a Naí naquele fim de semana.

7

ESTAVA TERMINANDO DE ARTE-FINALIZAR COM NANQUIM UMA PÁGINA DE ACAUÃ QUANDO ELA CHEGOU. TÍNHAMOS COMBINADO QUE ELA PASSARIA EM CASA PARA TERMINARMOS ALGUMAS ARTES DO FANZINE, ANTES DE IRMOS AO CINEMA NAQUELE SÁBADO. ESPERAVA TER SOSSEGO E CONTAR TODAS AS MINHAS PREOCUPAÇÕES A NAÍ, SEM FALTA. DEI SORTE. O VELHO FERROU NO SONO E MINHA MÃE ESTAVA SAINDO PRA FAZER COMPRAS COM MINHA CUNHADA,

DEPOIS DE DEIXAR UM PRATO DE SANDUÍCHES NA MESA DA COZINHA. NAÍ DESPEDIU-SE DELA E FOI AO MEU QUARTO.

Limpei os pincéis e me preparei para uma conversa difícil, mas nada aconteceu do jeito que eu esperava.

— TEMOS DE CONVERSAR, DÉO — foi a primeira coisa que Janaína disse ao entrar. — Alguma coisa estranha está acontecendo!

— O que foi? — Achei que ela estava se preparando para me dar um fora.

Ela havia sentado no banquinho da prancheta e parecia não ter passado uma noite lá muito tranquila. Seus olhos estavam arregalados, me lembrou as personagens de olhos grandes dos mangás e animês...

— Você já fez terapia, não fez?

Arregalei os olhos também. Aquilo não era, nem de longe, o que eu esperava.

— Fiz, há muito tempo, quando tive uns problemas na escola.

— Acho que vou pedir pro meu pai me arrumar um terapeuta, ou qualquer outra coisa... DÉO, VOCÊ ACHA QUE EU SOU PIRADA?

A pergunta foi tão inesperada que me sentei na cama e ri um bocado. Naí era a garota mais sensata da cidade! Maluca por desenho, mas muito madura e nada fresca, diferente de algumas garotas que eu conhecia. Minha reação foi tão espontânea que ela mesma se contagiou e daí a pouco estava rindo também.

— Tá legal, agora falando sério — disse, ajeitando o banquinho depois de enxugar os olhos. — Ou eu pirei, ou desenhar muito está me fazendo imaginar coisas. Você viu as artes do novo número da revista?

— Qual delas? — perguntei. A Editora X publicava vários gibis, alguns com quadrinhos nacionais, outros estrangeiros; mas, apesar de ter perguntado, já havia sentido no ar qual seria a resposta.

— A bimensal, com quadrinhos variados. Não sei se você notou que no mês passado saiu uma história do Biker. Sabe quem é, não sabe?

Comecei a ficar interessado. E MEU CORAÇÃO DEU DE BATER MAIS FORTE.

— Claro que sei. O que tem ele?

— Ontem, antes de ir embora, o Alfa me pediu para tirar cópias das provas de uma aventura do Biker que vai sair no próximo número. Xeroquei, mas me enganei e, em vez de guardar na pasta dele, pus na minha. Fui pra casa e só à noite percebi o engano. Dá só uma olhada, Déo.

Peguei as cópias que ela me mostrava. COMO ACONTECIA SEMPRE QUE VIA LOH, UM ARREPIO ME FEZ ESTREMECER. Então vi o que havia perturbado Naí: Loh andava em sua bicicleta pelas ruas de uma cidade deserta. Uma cidade futurista, cheia de viadutos, túneis e torres como...

Com a sensação de já ter vivido aquilo antes, corri até a pasta de originais e procurei meus fanzines. Lá estava, num do ano passado: um desenho de Naí mostrando uma cidade quase igual àquela. A cidade terminava numa floresta, as plantas tentando invadir os alicerces e pilastras — e em meio à floresta havíamos colocado meu personagem, Acauã, escondido.

Naquela página, Loh passava por um viaduto e olhava

a floresta com ar hostil. Ficamos olhando as duas ilustrações, nem sei por quanto tempo.

— É COMO SE ELE SOUBESSE QUE ACAUÃ ESTÁ LÁ... — eu falei, sem pensar. — É como se eles estivessem um tocaiando o outro...

— Então eu não estou pirando! — berrou Janaína, triunfante. — Você também notou. DÁ A IMPRESSÃO DE QUE NOSSOS DESENHOS NÃO SÃO MESMO CRIADOS POR NÓS. Se fossem, como seria possível que eu e o tal do Bart tivéssemos a mesmíssima ideia de como desenhar essa cidade?

Estávamos ainda com as páginas nas mãos, sentados no chão, quando meu pai apareceu bocejando na porta do quarto.

— Querem um lanche? Sua mãe deixou sanduíches para um batalhão, Déo.

Naí acordou do transe antes de mim.

— Ótima notícia, seu Marcos. Já vamos.

Assim que meu pai sumiu de vista, levei os papéis para cima da prancheta e peguei as outras revistas, que havia deixado separadas.

— Antes de irmos, você precisa saber de umas coisas. EU TAMBÉM DESCOBRI FATOS ESTRANHOS A RESPEITO DO BIKER...

Contei tudo. Desde minhas primeiras descobertas até o caso da morte dos desenhistas, que soubera por Jan. Ela ouviu em silêncio.

— E agora — terminei — até seus desenhos entraram no rolo. Os cenários de Loh e Acauã começam a se confundir... TENHO A SENSAÇÃO DE SER UM

FANTOCHE, DESENHANDO O QUE ALGUÉM MANDOU, não o que eu quero.

— O mais estranho é o fator tempo. Esses quadrinhos de Loh foram desenhados muito antes dos seus. Aqueles de ontem, há mais de dez anos. Acauã nem existia, e Loh agia, nas histórias, como se estivesse esperando por ele!

— OS CIENTISTAS DIZEM QUE O TEMPO E O ESPAÇO SÃO RELATIVOS — lembrei. — Existem múltiplos universos... Numa outra dimensão, o espaço de tempo entre eles desenharem Loh e eu inventar Acauã pode ser menos de um segundo.

Naí apertou a cabeça com as duas mãos.

— Chega, Déo. Dimensão, espaço, tempo... É FICÇÃO CIENTÍFICA DEMAIS!

— Não. É pura história em quadrinhos! Vem cá.

Eu estava me aproveitando da situação, mas nem me importei. Abracei Naí como há dias não abraçava. Ela correspondeu ao meu abraço, trêmula, quente, perfumada. Quase esqueci Loh, imaginando se um dia iria para a cama com ela. Naí pareceu adivinhar o que eu pensava e se soltou do abraço, sorrindo, outra vez a Naí de sempre.

— Vamos lanchar, senão seu pai vai estranhar. DEPOIS A GENTE CONVERSA.

8

NÃO HOUVE CINEMA NAQUELE SÁBADO. DEPOIS DE UM LANCHE NORMAL QUE NOS TROUXE DE VOLTA À TERRA FIRME, RESOLVEMOS PÔR ORDEM EM NOSSAS DESCOBERTAS. E PASSAMOS A TARDE E PARTE DA NOITE COMPARANDO DESENHOS COM OS QUADRINHOS DAS POUCAS HISTÓRIAS DE LOH DE QUE DISPÚNHAMOS. DEPOIS NAÍ, COM SUA MANIA DE ORGANIZAÇÃO, ANOTOU COM CUIDADO OS FATOS ESTRANHOS E PÔS EM ORDEM CRONOLÓGICA.

– PRIMEIRO TEMOS AS REVISTAS DO SEU IRMÃO. SÃO DE DOZE ANOS ATRÁS, AMERICANAS.

Mais ou menos nessa época as mesmas histórias foram publicadas aqui, numa revista em que o Jan trabalhava desenhando capas. Loh teve pouco tempo de vida, e então seu desenhista morreu. O tal Stan.

— Em circunstâncias misteriosas — eu completei.

— Certo — concordou ela. — Ninguém mais desenhou Loh por dez anos e DE REPENTE OS AMERICANOS RESOLVERAM "RESSUSCITAR" O CARA. Veio o tal Bart e começou uma nova série, que foi bem recebida no mercado, e... O que mais?

— E quatro histórias vieram para cá, com os direitos adquiridos pela Editora X. Bart morreu atropelado e nenhum desenhista assumiu seu lugar. Aqui, o Jan desenhou as capas e desenvolveu uma espécie de antipatia pelo personagem.

Naí parou de escrever e olhou de viés para o rosto de Loh na revista.

— Pelo que você contou, EU DIRIA QUE NÃO É ANTIPATIA, É... MEDO.

Olhamo-nos, nos entendendo completamente. Nossos problemas das últimas semanas pareciam ter desaparecido. ÉRAMOS UMA DUPLA, como dizia Jan. E ESTÁVAMOS AMBOS COM MEDO. De um personagem de histórias em quadrinhos.

De repente senti que toda a nossa conversa era inútil.

— Estamos na mesma, Naí. Temos uma pilha de quadrinhos e uma lista de fatos estranhos. Mas como vamos saber o que tudo isso significa?

— Não é difícil formular uma hipótese — disse ela. — NÓS DOIS SENTIMOS QUE LOH NOS PROVOCA.

As falas dele parecem ser diretamente para nós e Acauã. Fazemos desenhos iguais aos que foram feitos, muito antes, pelos seus desenhistas. Ora, não *copiamos* os desenhos, mas também não os *criamos*: portanto, eles vieram até nós mandados por alguém.

A hipótese de Naí era absurda, porém estava me dando um conhecido friozinho na barriga, sinal de que devia ser, ao menos em parte, verdadeira.

— Você está sugerindo... Por telepatia? Mas isso quer dizer que **EU NÃO TENHO CONTROLE SOBRE O QUE DESENHO**. Para mandar mensagens telepáticas, os personagens de quadrinhos teriam de ter uma espécie de vida própria! É impossível. Eles são só desenhos. Traços de lápis e nanquim sobre papel!

— Quem sabe? — murmurou Janaína suavemente, olhando as lombadas dos gibis que eu guardava na estante. — Você falou coisas sobre tempo e espaço, múltiplos universos. **TALVEZ OS PERSONAGENS EXISTAM DE VERDADE, MAS NÃO NESTE MUNDO**. Num outro mundo, outra dimensão...

Fechei os olhos e tentei imaginar aquela hipótese como verdadeira.

— Loh existe. Peter Parker existe. Os X-Men, Sandman e os Perpétuos, os Piratas do Tietê, Tio Patinhas e companhia existem... Naí, não pode ser. Luluzinha, os Sobrinhos do Capitão, Watchmen, Batman e Robin não podem existir, nem mesmo noutra dimensão! *Desenhos*! **É SÓ ISSO QUE ELES SÃO**.

— Parece loucura, mas tem um fundo de lógica, Déo. Pense nisso sob outro ponto de vista. Pense em Acauã.

Em algum outro mundo paralelo a este, Acauã, o descendente de índios que se transforma em ave, existe de verdade!

Foi aquilo que me convenceu. Mesmo para mim, que convivia há anos com quadrinhos, personagens de gibis eram definitivamente seres imaginários como o coelho da Páscoa ou Chapeuzinho Vermelho. Seus desenhistas, vivos ou mortos, estavam longe demais do *meu* mundo para que eu pudesse imaginar uma existência real para suas criaturas. MAS ACAUÃ...

Ele tinha surgido de meus lápis pouco a pouco, conforme eu lhe atribuía esse ou aquele jeito, uma história, aventuras, poderes. Como se ele estivesse aos poucos *chegando perto, permitindo que eu o conhecesse.*

O que a Naí dizia era a pura verdade. TIVE CERTEZA DE QUE EU NÃO CRIARA ACAUÃ; ELE JÁ EXISTIA EM ALGUM LUGAR, e viera para nosso mundo através de meus traços, minhas cores. Assim devia ser com o Biker, com Popeye, Akira, Spawn, Capitão América, Clark Kent, o Espírito e todos os milhares de heróis de HQs.

— Eles nos escolhem, Déo — Janaína quase gritou. — Eles nos *usam* para vir a existir em nossa dimensão. Meu Deus, isso quer dizer...

O rosto de Jan naquela tarde voltou à minha memória, as mãos trêmulas abrindo o frasquinho de remédio, alguma dor tomando conta de seu corpo.

— Isso quer dizer que ELES PODEM NOS DOMINAR. Que as ameaças de Loh são perigosas. Que ele pode, de alguma forma, ter matado seus dois desenhistas.

É disso que o Jan tem medo. Da interferência dele em nosso mundo!

— É com isso que temos de tomar cuidado — ouvi Naí sussurrar.

Feito louca, ela se lançou pelo quarto fechando todos os gibis espalhados. Tomou os que continham Loh, inclusive as cópias xerox, e meteu em sua pasta, depois trancou na primeira gaveta de minha cômoda. Eu ri.

— Naí, também não precisa fazer isso. Loh não vai sair do gibi e atropelar você com sua *bike* envenenada...

Janaína não riu. Fechou o vidro da estante onde minhas coleções estavam guardadas, e só então falou, muito séria.

— Se é mesmo verdade o que descobrimos, **OS QUADRINHOS SÃO A JANELA POR ONDE ENXERGAMOS O MUNDO DELES**, Déo. E são outra coisa também: a janela por onde *eles nos olham*. Loh sabe que você desenhou Acauã, eles são inimigos. Acauã quer nossa ajuda; ele deve ter trazido, para nós dois, as paisagens e o começo de uma história onde *os dois vão se confrontar*. Haja o que houver daqui para a frente, temos de nos proteger! Não sei como, mas temos.

Eu não tinha mais nenhuma dúvida. Loh era perigoso e, se sabíamos sobre ele, ele também sabia sobre nós.

9

DEPOIS DAQUELE DIA, TODAS AS COISAS QUE DESCOBRIMOS, ATÉ MESMO NOSSAS CONVERSAS, NOS PARECERAM IRREAIS. OCUPADOS COM AS PROVAS BIMESTRAIS, PROBLEMAS CASEIROS, O ESTÁGIO NA EDITORA, COMO PODÍAMOS ACREDITAR EM MUNDOS PARALELOS HABITADOS POR CRIATURAS COMO... O PATO DONALD? SOAVA FANTÁSTICO DEMAIS PARA QUE TIVÉSSEMOS CORAGEM DE CONTAR A OUTRA PESSOA.

RESOLVEMOS ESPERAR MAIS PARA FALAR COM O JAN. EU ESTAVA CERTO DE QUE ELE SABIA, E POR ISSO TINHA TENTADO ME DESPISTAR, FALANDO EM COINCIDÊNCIAS.

Minhas suspeitas se confirmaram pouco antes de sair a revista com a terceira história daquela safra do Biker. Havíamos terminado as artes da edição, mas só vimos o resultado final quando as primeiras provas vieram da gráfica. O Alfa (Alfredo, o editor-chefe) apareceu em nossa sala espalhando fumaça de cigarro e trazendo um exemplar, que estatelou na prancheta do Jan.

— OLHA SÓ, VELHO TEIMOSO! — ele disse, sorridente. — A edição ficou mais que caprichada. Vai vender pra burro. Não sei de onde você tirou essa ideia de que o Biker não vende.

Jan folheou a revista, conferindo suas artes. Bufou.

— Precisamos dar uma chamada no pessoal do fotolito. Puxaram demais para o vermelho. Esta página aqui...

— Ora essa, Jan — interrompeu o Alfa —, deixe de perfeccionismo e me diga se os quadrinhos do Loh não estão demais! Têm tudo para agradar.

— Não sei... — foi a resposta cautelosa de meu amigo. — Vamos ver como serão as vendas. De qualquer forma, só temos histórias para mais uma edição. QUE ADIANTA INVESTIR NUM PERSONAGEM QUE NÃO VAI TER CONTINUIDADE?

— Isso é o que você pensa. Semana que vem o chefão volta com novidades. Parece que ele fechou negócio com um novo pacote de quadrinhos americanos, incluindo alguma coisa do Biker. Espere só.

Sabíamos que um dos donos da editora estava nos Estados Unidos negociando com as agências distribuidoras, mas como poderia comprar histórias do Loh? Só se os caras tivessem arranjado um novo desenhista...

Naquele momento alguém do lado de fora chamou o Alfa para atender ao telefone, ele saiu e não viu a reação de Jan àquelas notícias. Mas o Fábio e eu, que estávamos na sala, trocamos um olhar de preocupação ao vê-lo tatear o casaco à procura do remédio.

— Que foi, Jan? — Fábio resmungou enquanto ele abria o frasco das pilulazinhas brancas. Dei meia-volta e escancarei a janela.

— RESPIRA FUNDO, CARA. O Alfa empesteou o ar com aquele cigarro.

— Estou bem — disse ele, afinal, respirando normalmente. — Minha pressão hoje deve estar mais alta que de costume. Pode me trazer água, Fábio?

Eu havia colocado uma garrafa nova de água mineral no armário, mas fiquei bem quieto e deixei que o Fábio saísse para trazer água da copa. Senti que aquele era o momento para falar com o Jan. Só temia deixá-lo mais doente...

— Não acredito que arranjaram outro desenhista para o Loh. É conversa do Alfa. NINGUÉM IA TER CORAGEM DE SE METER COM ESSE PERSONAGEM.

— Está enganado, Déo — ele respondeu, sem perceber que confirmava minhas hipóteses. — LOH É ESPERTO, SEMPRE CONSEGUE O QUE QUER. E ele *quer ser desenhado*... Só não imaginei que conseguisse influenciar alguém tão depressa.

— Quem será o sujeito? — perguntei, baixinho.

— Vamos saber quando o chefe voltar. Eu acho que...

Somente aí ele percebeu que estivéramos conversando sobre um assunto proibido. Virou-se para mim e seus olhos brilharam, quase me atravessando inteiro.

— Você sabe, então...

Fiz que sim com a cabeça.

— Quem mais sabe? — Jan agora parecia um interrogador implacável, pronto para explodir. — Contou pra mais alguém?

— Só eu e a Naí sabemos — consegui balbuciar.

— Bom.

Ele se levantou e andou pela sala, avaliando a situação. Fábio voltou com um copo de água, mas não percebeu nada.

— Ah, você melhorou. Devia tirar uma licença. Essas coisas de pressão alta são complicadas... Meu avô, sabe...

— Eu sei. Obrigado pela água. Agora é melhor terminarmos essas artes antes que o sr. Chaminé volte aqui reclamando. Vamos, Déo.

NÃO TOCAMOS MAIS NO ASSUNTO NAQUELA TARDE. As artes estavam atrasadas, e tanto eu como a Naí saímos da editora quando já passava das sete horas. Íamos descendo juntos, cansados e silenciosos, quando demos com o Jan no saguão da entrada do prédio.

— Até segunda, Jan — disse Naí, descontraidamente. Eu não tivera tempo de contar a ela. Jan nos fez parar com um de seus olhares autoritários.

— O que acham de me fazer uma visita amanhã? Sabem meu endereço.

— Estaremos lá — respondi com naturalidade; eu esperava por um convite.

NAÍ OLHOU PARA ELE E PARA MIM, SURPRESA.

— Amanhã? É seu aniversário ou coisa parecida?...

Nossos olhares sérios deixaram Naí preocupada.

— Coisa parecida. Estejam lá à tardinha — foi só o que ele disse, antes de abrir a porta e sair.

Ficamos parados no saguão, ouvindo seus passos serem abafados pelo ruído da rua. Janaína apertou meu braço.

— O que está acontecendo, Déo?

— Vamos embora — suspirei. — No ônibus te conto.

10

NO SÁBADO, A CAMINHO DO APARTAMENTO DE JAN, PASSAMOS PELA CASA DE ZÉCARLOS PARA DEIXAR AS ARTES DO ÚLTIMO FANZINE DO ANO. HAVIA MAIS DOIS GAROTOS DESENHANDO, E DÉBORA AINDA COORDENAVA OS TEXTOS, MAS EU E A NAÍ PROVIDENCIÁVAMOS A MAIOR PARTE DOS QUADRINHOS DE CADA EDIÇÃO. JÁ NÃO FAZÍAMOS NÚMEROS BIMENSAIS, POR FALTA DE TEMPO; NAQUELE SEMESTRE TÍNHAMOS CONSEGUIDO SOLTAR APENAS UM. ZECA ESTRANHOU NOSSA PRESSA.

– AONDE VÃO? – ELE QUIS SABER, AO VER QUE ÍAMOS EMBORA VENTANDO; ESTAVAM LONGE OS TEMPOS EM QUE TÍNHAMOS HORAS PRA GASTAR COM VIDEOGAME.

Pensei em contar tudo a ele. Era meu melhor amigo, afinal, e já sabia de metade da história, a parte sobre os desenhos parecidos. Olhei para Naí, que entendeu na hora a deixa e me cortou com a resposta que deu:

— TEMOS UM ENCONTRO COM O PERIGO. Vamos, Déo?

Resolvi que contaria a ele depois de entender melhor em que estávamos metidos. Havia perigo real naquela história, e quanto menos gente envolvida, melhor. Fomos embora deixando Zeca com a pulga atrás da orelha.

Jan estava à nossa espera. Ele era eficiente não apenas com nanquim, pincéis e aerógrafos: tinha preparado tudo para uma conversa completa sobre o assunto. Vi pastas etiquetadas com os dizeres "LOH", empilhadas simetricamente sobre a mesa atulhada de coisas. Noutra mesinha (ilha num mar de bancos, caixas e papéis espalhados), havia um lanche de dar inveja a dona Rô, coberto com um pano de prato imaculadamente branco.

— Bem-vindos — foi só o que ele disse, sorrindo. NÃO HAVIA EM SEUS OLHOS AZUIS TRAÇO ALGUM DAS PREOCUPAÇÕES DO DIA ANTERIOR. Era como se estivéssemos fazendo uma visitinha de cortesia. Sentamo-nos em um canto livre do sofá e fiquei com cara de visita-esperando-o-café.

Ainda essa vez Jan me surpreendeu, cortando os preâmbulos.

— Vamos direto ao assunto. O que descobriram sobre o Biker?

Foi Naí quem falou sobre nossas conclusões. Jan ficou impassível a maior parte do tempo, embora acenasse com a cabeça de vez em quando. Depois que ela terminou, ele andou pela sala lotada (com alguma dificuldade) e disse:

— Eu não podia mesmo esperar que seguisse meu conselho e esquecesse o assunto, Déo. VOCÊS SÃO INTELIGENTES DEMAIS para acreditar que a semelhança dos desenhos foi só coincidência... E já que estão metidos nisso, É MELHOR SABEREM DE TUDO. Pelo menos tudo que eu sei.

Ele contou uma história compridíssima, da qual só vou conseguir narrar partes. Jan, falando, era um espetáculo à parte; não se comunicava só com palavras, seus olhos falavam, e o corpo inteiro transmitia os fatos com uma sinceridade em que era impossível não acreditar. Daquela conversa incrível segue, portanto, apenas o pouco que eu consegui reter na memória.

11

– VOCÊS JÁ SABEM QUE HÁ DOZE ANOS TRABALHEI NA EDITORA Y, QUE SÓ PUBLICAVA QUADRINHOS ESTRANGEIROS TRADUZIDOS PARA O PORTUGUÊS. O EDITOR TRABALHAVA COM CERTA AGÊNCIA AMERICANA, NA ÉPOCA "DONA" DE VÁRIOS PERSONAGENS DE SUCESSO. O BIKER NÃO ERA MUITO CONHECIDO, VINHA INCLUÍDO NUM PACOTE COM OUTROS MAIS FAMOSOS. MAS TINHA LÁ OS SEUS FIÉIS,

FÃS DE FICÇÃO CIENTÍFICA E CICLISTAS QUE GOSTAVAM DE VER UM HERÓI SOBRE DUAS RODAS. NAQUELA ÉPOCA, A GENTE USAVA POUCO O COMPUTADOR.

Eu paginava as revistas, traduzia textos, fazia um pouco de arte-final, mas quase não desenhava. Só depois que o diretor de arte mudou fui incumbido de desenhar Loh para as chamadas de capa.

Logo percebi que HAVIA ALGUMA COISA ESTRANHA COM ELE. Toda vez que o desenhava, sentia-me cansado, exausto. Sempre tive problemas cardíacos, tanto que acabei pondo essa tal ponte de safena, mas eu me cuidava e as coisas estavam sob controle. Então comecei a descobrir isso que vocês descobriram. Havia uma espécie de interação entre os quadrinhos que chegavam para tradução e os esboços que eu fazia, às vezes para mim mesmo. Desenhos quase iguais. Frases irônicas nos balões de fala que saíam da boca de Loh, parecendo dirigidas a mim... Não me preocupei muito, até que as histórias começaram a fazer sucesso e eu tive que desenhar cartazes de propaganda. QUANTO MAIS EU DESENHAVA LOH, MAIS FRACO ME TORNAVA. Era como se ele sugasse minhas energias... Como? Não sabia, mas passei a ter uma hostilidade pelo personagem. Já achava que ele era *real*, de alguma forma.

Foi então que chegou a notícia da MORTE DO DESENHISTA AMERICANO, Stan. Não se falou muito naquilo. As histórias pararam e pronto. Fiquei curioso e acionei alguns amigos no exterior para saber mais sobre a morte do sujeito. Descobri que nos últimos tempos Stan detestava seu personagem, bebia muito, dizia que NÃO CONTROLAVA MAIS O QUE DESENHAVA e que Loh estava tentando matá-lo. Claro que ninguém acreditou naquilo, nem mesmo quando o homem apareceu morto num beco, aparentemente sem razão. Concluíram que ele tivera um ataque ou coisa que o valha, causado por muita bebida, talvez drogas. Não sei mais detalhes. Sei que a última história do Biker desenhada por ele falava de um inimigo secreto, chamado Creator (criador, em inglês), que Loh combatia e a quem jurara destruir, porque ele queria controlá-lo, e LOH SE RECUSAVA A SER CONTROLADO.

Tive certeza do que acontecera. Loh *existia realmente em algum plano*, e escapara ao controle de Stan. O desenhista descobrira o que estava acontecendo, mas não conseguiu fazer-se acreditar e ACABOU SENDO LITERALMENTE SUGADO PELO PERSONAGEM. Como foi morto, não sei dizer. Mas deve ter algo a ver com falta de energias vitais, que Loh tem capacidade de absorver. Sabia disso por mim mesmo: desenhando-o apenas em chamadas, vinhetas e capas, eu também era sugado. Bem, com a parada das histórias, minha saúde voltou ao normal. Restou apenas uma dúvida: somente Loh tinha existência própria ou todos os personagens de quadrinhos também poderiam comportar-se como ele?

Eu estava com as férias atrasadas. Reuni algumas economias que juntara, tirei dois meses e saí numa viagem de pesquisa. Visitei parentes que tenho na Europa, fucei em bibliotecas, entrevistei quadrinistas à procura de respostas. Não foi difícil chegar a algumas conclusões.

Primeiro: NINGUÉM RESOLVE CRIAR OS PERSONAGENS. A maioria deles simplesmente vem como o vento, surge na cabeça de alguém já com atributos e uma história de vida. Claro que todos vão mudando, aparecendo mais nitidamente conforme são mais trabalhados; parece que aos poucos vai se estabelecendo uma ligação forte entre o criador (o desenhista) e sua criatura (o personagem). Segundo: em geral a relação entre os dois É AFETIVA, INSTIGANTE, ÀS VEZES IMPLICANTE, MAS RARAMENTE HOSTIL. Quando chega a ser hostil, não é comum que se torne assassina. Isso faz com que a coexistência nos dois planos, o *nosso* e o *deles*, seja pacífica até certo ponto: nós visualizamos seu mundo, e eles visualizam o nosso pelos desenhos, impressos ou não. Isso nos leva ao terceiro ponto: CADA PÁGINA DE QUADRINHOS É UM PORTAL DE ENTRADA para aquilo que chamei de *dimensão dos HQs*. Um mundo tão real para eles como o nosso o é para nós. Eles, a quem me acostumei a chamar de *HQs*, podem não ser exatamente como os vemos no papel, mas existem. E há momentos em que é possível uma comunicação direta entre os dois planos. Não é todo mundo que pode fazer isso. Nós, os desenhistas, podemos. Talvez porque vivemos com lápis na mão, criando e recriando imagens, estabelecemos contato mental com eles e, inconscientemente, tornamos mais finos os portais que separam nossos dois universos. Finalmente, o quarto ponto: SEMPRE DEVE TER HAVIDO HQs REBELDES, como há desajustados em nosso mundo. Porém Loh é um personagem peculiar. Ele se aproxima de um desenhista, se impõe em seu imaginário, passa a existir *deste lado*. Mas SEU CARÁTER É VIOLENTO, não quer viver as aventuras que a imaginação de um homem lhe impõe. E PASSA A DESTRUIR OS QUE O DESENHAM.

Um por um. Deve haver outros HQs destrutivos como ele. Mas muito poucos devem ter sido descobertos.

As revelações sobre os HQs mexeram muito comigo e com a Naí. Desconfiávamos daquilo tudo, queríamos descobrir o que Jan escondia, mas, assim que ele nos contou, tornamo-nos um pouco céticos.

— Jan — ela começou a falar, enquanto digeríamos aquelas informações —, se isso for mesmo verdade, como nunca veio a público? HISTÓRIAS EM QUADRINHOS EXISTEM HÁ DÉCADAS. Só nós é que descobrimos os HQs? Acho muito improvável.

Nosso amigo tirara o pano de prato da mesinha e começava a servir o lanche. Havia suco, chá, sanduíches. Não parou para responder a Janaína.

— ALTAMENTE IMPROVÁVEL. Mas não se esqueçam da vaidade humana: não há muita gente que admitiria não ter sido o verdadeiro criador de seus personagens. Além disso, impérios têm lucros enormes baseados em direitos autorais de quadrinhos; acha que eles divulgariam isso? Naturalmente, dentre os milhares de desenhistas pelo mundo, muitos devem ter descoberto, porém se calaram. Conversei com um espanhol que havia deixado a profissão para trabalhar em publicidade. Quando comecei a perguntar sobre quadrinhos, desconversou e não falou mais. Percebi que tinha medo de tocar no assunto. Como ele, vários podem ter se afastado do desenho, temendo descobrir mais sobre algo tão... assustador. Pesquisei também a vida dos mangakás japoneses... Eles não têm o *glamour* dos americanos e europeus: a maioria trabalha tanto, produzindo aquela imensidão de mangás que se publica diariamente no Japão, que não tem tempo para pensar nisso — e, se algum deles descobriu algo, ficou bem quieto.

— Eu mesmo tenho vontade de fazer isso, LARGAR TUDO E IR CUIDAR DA VIDA — desabafei. — Por que não estamos com a turma indo ao cinema, às danceterias, jogando *videogame*, namorando, fazendo o que gente da nossa idade faz?

Naí me olhou, irônica.

— Você começou essa encrenca com seus desenhos de Acauã, Déo. Agora ficou com medo? Duvido que esqueça tudo e volte a levar uma vidinha típica adolescente. Não por coragem, mas por curiosidade. O ponto crucial é: COMO ESSA HISTÓRIA VAI ACABAR? E agora que sabemos sobre os HQs, o que vamos fazer?

Jan sorriu candidamente enquanto nos oferecia suco e sanduíches.

— Vamos lanchar.

Ele apenas tomou chá gelado enquanto comíamos. Parecia na dúvida sobre falar mais ou não. Fiquei imaginando se ainda havia algo que ele não contara.

— Você é bom na cozinha, cara — eu disse, depois de me sentir satisfeito. Os sanduíches estavam deliciosos; eu sabia que Jan vivia sozinho, mas nunca pensara nele cozinhando ou fazendo outra coisa que não fosse desenhar.

— A gente aprende, depois de alguns anos — ele respondeu, levando os copos para uma cozinha minúscula. — É só questão de DAR TEMPO AO TEMPO.

Trocamos um olhar de entendimento, que Naí não percebeu. Ele me aconselhara a dar tempo ao tempo para resolver os problemas de nosso namoro... Problemas que pareciam ter sumido, desde que TÍNHAMOS UM INIMIGO PARA COMBATER: LOH.

— Querem saber o que faremos para nos defender do Biker? — Jan recomeçou a falar. — Tenho algumas ideias. E vocês, têm alguma sugestão?

Abri a boca para opinar, mas FIQUEI CONFUSO. Estava convencido de que Loh matara Stan e Bart; se Alfa estivesse certo, logo haveria um novo desenhista, novas histórias e provavelmente uma nova morte. O que poderíamos fazer, chamar a polícia? Contar ao mundo que em algum lugar desconhecido viviam personagens como Itto Ogami, Professor Xavier, Mônica e Tarzan?

— TEM UMA COISA QUE ESTÁ CONFUSA NA MINHA CABEÇA — resmungou Naí. — Na tal dimensão dos HQs, como você chama, os personagens estão todos misturados? Eu quero dizer, há super-heróis, ninjas assassinos, ratos e gatos juntos?

— Entendo — riu-se Jan. — Pelo que deduzi, em outras dimensões as leis da Natureza são diferentes das que regem nossa vida. Mickey não é vizinho do Garfield, assim como Elektra não tromba com o Espírito na esquina. Há compartimentos, universos para cada tipo de ser. Imagino a dimensão dos HQs como UM MUNDO INCERTO, NEBULOSO, parecido com o que vemos nos sonhos.

— Você disse que os desenhistas conseguem penetrar o portal que separa os dois mundos — argumentei. — Tudo bem a gente captar mentalmente o que vem de lá, mas como vamos lidar concretamente com um assassino que tem poderes estranhos, como Loh? ELE PODE MATAR DE VERDADE!

— Talvez sonhando — sugeriu Naí. — Se eu pudesse sonhar um sonho determinado... combater Loh, destruí-lo. Nos sonhos tudo pode acontecer.

— Já pensei nisso — concordou Jan. — Provavelmente a dimensão dos sonhos é o melhor lugar para influenciar os HQs. O problema é justamente esse: *sonhar um sonho determinado*. Nenhum de nós tem acesso a Morpheus, o mestre dos sonhos; duvido que mesmo o Neil Gaiman consiga o que quer desse personagem. QUEM CONSEGUE CONTROLAR O QUE SONHA?

— Se não controlamos nem o que desenhamos... — concluí, desanimado.

No silêncio que se seguiu, nós três nos olhamos. *O que desenhamos*... Era uma ideia. Desenhos. Jan estava sorrindo, pegou um lápis na mesa e mostrou-o.

— Vocês chegaram aonde eu queria. Segundo essas descobertas, não controlamos nossas criações... até certo ponto. O grande problema de Loh é querer ter poder total sobre seu desenhista. Quando sente que as histórias escapam de seu controle, ele destrói o humano que o desenha. Isso quer dizer que há um ponto em que as duas forças, a do homem e a do HQ, se equilibram. É nesse espaço que podemos combater Loh. No papel. *Desenhando*...

— Mas Jan — eu gritei —, quando você o desenha, ele suga suas forças. Se tentar desenhar uma história em que ele seja destruído, não vai aguentar. Antes de chegar à metade ele acaba com você!

— Raciocínio absolutamente correto, Déo. Só que PELA PRIMEIRA VEZ LOH ENFRENTARÁ MAIS DE UM INIMIGO; não estarei lutando sozinho.

Um arrepio passou por mim e por Naí ao mesmo tempo.

— Está falando... de NÓS?

— De certa forma. Preciso de vocês para fornecer um antagonista à altura de Loh. Pois quem vai combatê-lo não é nenhum de nós: é ACAUÃ.

PARTE 2
CONFRONTO

As férias estão no fim. Hoje reli tudo que já escrevi, páginas e páginas, caracteres na memória do computador. Naí revisou o arquivo, suprimiu meus erros de ortografia, trocou a posição de muitas frases. Admirei seu autocontrole: nem piscou ao ler certos trechos onde falo de nosso relacionamento. Apenas disse que, a cada vez que escrever, eu devo fazer uma cópia de segurança num CD.

Quanto aos desenhos que fiz de Loh, ela concordou com minha ideia de copiá-los das revistas antigas; não me arriscaria a fazer desenhos novos. Loh nos parece suficientemente morto e enterrado, mas mesmo assim um novo desenho poderia significar uma ressurreição... Ainda não estamos certos de que não haja perigo em escrever a história. Sabe-se lá se não vamos despertar a ira de outros HQs, ou se Loh não vai reaparecer, apesar de nunca mais ter se manifestado depois da queda no abismo. Prefiro acreditar que não. Se o medo me pegar, não conseguirei continuar — e ainda falta muito para dizer.

Esta semana, reuni coragem e fui visitar o túmulo de Jan. Rô e o Velho perguntaram aonde eu ia, quando me viram sair depois de tantos dias enfiado em casa. Disse que ia ao cemitério e notei, pelo olhar que trocaram, que eles sabem o quanto a morte de Jan me abalou. Meu pai até se ofereceu para me levar, mas recusei. Era uma coisa que eu tinha de fazer sozinho.

Agora estou de novo a postos em meu quarto. O *laptop* está ligado sobre a prancheta: preciso retomar minha narrativa. Esta segunda parte não vai ser fácil de contar, tudo aconteceu muito rapidamente e num clima de sonho que confunde um pouco os fatos. Mas vamos lá. Pelo menos nesta fase tenho muitos desenhos que mostram como as coisas foram acontecendo — na vida real e na dimensão dos HQs...

12

AQUELE FINAL DE ANO FOI DIFERENTE DE TODOS OS OUTROS QUE EU TINHA VIVIDO. NÃO SÓ POR TER TERMINADO O NONO ANO COM AS MELHORES NOTAS DA CLASSE (FATO INÉDITO!), POR ESTAR TRABALHANDO E – AINDA QUE NÃO GANHASSE MUITO PELO ESTÁGIO – TENDO MEU PRÓPRIO DINHEIRO PARA GASTAR. NÃO SÓ PELO MEU NAMORO COM A NAÍ, QUE ESTAVA BASTANTE SÓLIDO, EMBORA ELA CONTINUASSE A CONTROLAR MEUS AVANÇOS.

MAS FOI DIFERENTE PRINCIPALMENTE PORQUE TUDO ACONTECEU NO PLANO REAL.

A família, o trabalho, os acontecimentos do país tinham menos importância para mim do que o que estava rolando no papel, no mundo imaginário dos quadrinhos.

Desde que acertáramos os ponteiros com Jan, vivíamos num compasso de espera, aguardando o próximo movimento de Loh. Pensando nisso hoje, parece loucura total: ESTÁVAMOS METIDOS NUM JOGO DE VIDA E MORTE com alguém não muito diferente do Demolidor ou do Homem-Aranha. E não podíamos fazer nada até que *ele* desse o primeiro passo!

Nosso patrão havia retornado do exterior com a notícia de que Loh voltaria a ser desenhado, e que receberíamos seus quadrinhos num dos próximos pacotes. Mas por vários meses nada chegou. Jan me dizia para trabalhar muito em Acauã, pois a qualquer momento poderíamos precisar desse personagem. Obedeci e desenvolvi mais histórias em que ele se encontrava com Suiá, o pajé, para APRENDER COISAS QUE O DEIXASSEM MAIS FORTE.

Com as férias de fim de ano, eu e a Naí abandonamos o fanzine e, quando as aulas recomeçaram, não retomamos o trabalho. Eu estava no ensino médio, Zeca não era mais presidente do grêmio, Débora estava namorando, e o fanzine terminou sua esfuziante carreira sem grandes traumas. Mas, mesmo sem aparecer para o público, Acauã foi se aperfeiçoando e vivendo novas aventuras que só eu, Naí e Jan apreciávamos. LOH PARECIA TER SUMIDO DE NOSSAS VIDAS.

Essa situação mudou pouco antes de março. Sem que eu soubesse, Jan havia mostrado algumas cópias de meus desenhos para o Alfa...

E um dia o sr. Chaminé apareceu sorrindo, entre uma nuvem de fumaça e outra.

— Parabéns! — disse, enquanto eu imaginava se as artes que finalizara para o número anterior teriam ficado tão boas assim. No mesmo instante, Naí apareceu e me contou a novidade, frustrando o discurso que o Alfa preparara.

— ACAUÃ VAI SER PUBLICADO NA REVISTA, Déo!

A princípio me senti orgulhoso, imaginando a repercussão em casa e no colégio por ter um trabalho de categoria profissional oficialmente publicado. Porém, logo me dei conta da responsabilidade que isso representava. Não me preocupava a reação do público ou coisa parecida: PREOCUPAVA-ME A REAÇÃO DOS HQs — um deles, em especial.

Nos últimos meses, a editora havia publicado numa revista mensal uma seção especial com tiras de cartunistas iniciantes. Choveram artes, mandadas pelo correio. Jan e Alfa selecionavam o material publicável. Eu nunca teria submetido meus desenhos, talvez pelo medo de uma recusa, mas Jan encarregou-se de mostrá-los, e o resultado foi que no número de março saía na tal seção uma página inteira com parte de uma das aventuras de Acauã.

É ALI QUE ELES ESTÃO,
NA RESERVA...
MANTIDOS LONGE DAS CIDADES, TRANCADOS FEITO BICHOS, UM EXÉRCITO PARA IMPEDIR QUE FUJAM...
OS ÚLTIMOS QUE RESTAM.
E ENTRE ELES ESTÁ...

SUIÁ!
SUIA!
SUIA!
SUIA!
SUIÁ!
SUIÁ!
ACAUÃ.
QUE FOI, PAJÉ?
ACAUÃ VOLTOU.
AGORA, TOCAR A TERRA.
TERRA...
TERR...
CÁAAAAA!
O QUÊ?!

13

OS PRIMEIROS DIAS FORAM FANTÁSTICOS. EU ME SENTIA O PRÓPRIO ALEX RAYMOND, APRECIANDO MEUS TRAÇOS DE NANQUIM FINALMENTE IMPRESSOS! EM CASA FOI UM SUCESSO, ATÉ O VELHO LEU A REVISTA E NÃO ACHOU RAZÃO PARA RESMUNGAR; RÔ SE TRANSFORMOU NA MINHA FÃ NÚMERO UM (QUEM DIRIA!), NEL E MÁRCIA COMPRARAM VINTE EXEMPLARES E DISTRIBUÍRAM A TODOS OS AMIGOS. RECEBI UM MINGUADO CACHÊ PELA CESSÃO DOS DESENHOS

E GASTEI QUASE TUDO EM TINTAS, QUE USEI APRENDENDO A MEXER NO AERÓGRAFO DE JAN.

Algum tempo depois de a revista estar nas bancas, a editora recebeu um pacote de quadrinhos europeus; e, para nossa surpresa, havia DUAS HISTÓRIAS NOVÍSSIMAS DO BIKER incluídas. Desenhadas por um artista italiano que assinava Luigi L.

Jan chegou mais tarde naquele dia, entrou na salinha e pediu ao Fábio para ir buscar nanquim na sala do Alfa. Meu companheiro saiu, sonolento como sempre e sem perceber que havia dois vidros de nanquim fechados em nosso armário; logo vi que Jan queria o campo livre para falar comigo.

Ele abriu uma pasta e colocou os filmes recém-chegados sob meus olhos, como quem solta uma bomba. Eu não entendia italiano, mas conhecia Loh o bastante para saber que ele estava em sua melhor forma, no traço de Luigi. MAIS AGRESSIVO E NAVEGANDO EM IMAGENS BEM MAIS REQUINTADAS QUE AS ANTERIORES.

— Na Itália?... — perguntei, perplexo. — Como pode?

— A agência que detém os direitos do personagem tem vários representantes no mundo. O estúdio italiano no qual Luigi L. trabalha é um deles; um dos melhores. Nossa editora é outro. Provavelmente fecharam algum contrato especial para que esse cara desenhe Loh.

Se nas histórias antigas Loh me perturbava, naquela quase me punha a nocaute. CADA FRASE, CADA CENA PARECIA ME AMEAÇAR. E, no final...

— Repare na última página — frisou Jan. — E compare com a nossa revista.

Mais uma vez os meus quadrinhos pareciam continuar os *deles*. Em meu desenho, Acauã jurava usar seus poderes para defender seus amigos; ali, o Biker — com palavras em italiano que eu não lia, mas de alguma forma compreendia — prometia DESTRUIR QUEM SE INTERPUSESSE EM SEU CAMINHO. E seguia mais uma vez num cenário que *eu* desenhara.

— Quando vai ser traduzido, Jan? — perguntei, ansioso por entender tudo que havia sido dito por *ele*.

— Logo, eles querem publicar na próxima edição. O Alfa já me avisou para incluir Loh na capa, terei de desenhá-lo. Você sabe o que isso significa...

— Não faça isso, Jan — retruquei, alarmado. — LOH RENASCEU FURIOSO E VAI SUGAR SUAS ENERGIAS OUTRA VEZ...

Jan sorriu. Fábio estava voltando e tínhamos que disfarçar.

— Não se preocupe com a minha saúde, preocupe-se com a sua. No fim de semana voltaremos a tratar desse assunto, certo? Agora, se me dá licença, vou levar os filmes para a tradução.

O que Jan queria dizer com "preocupe-se com a sua saúde"? Não era eu que ia desenhar Loh. Fiquei refletindo sobre aquilo, e mais tarde contei à Naí. No caminho para casa discutimos o assunto.

— Ele não disse mais nada? — disse ela, franzindo a testa.

— Só que trataríamos do problema no fim de semana. Depois ficou mergulhado em suas artes e não me deu a menor atenção.

— Jan não passou bem este mês, eu SOUBE QUE FEZ VÁRIAS CONSULTAS MÉDICAS. Justo agora vai ter que desenhar o Loh!

Eu confiava em Jan. Ele ia aguentar; mas eu não sabia o que minha colaboração naquele caso me reservava. Poderia Loh me atingir? Ou atingir a Naí, mesmo que ela desenhasse apenas os cenários?

Teríamos uma resposta antes do que pensávamos. Na sexta-feira, correndo como sempre com o fechamento de uma das publicações semestrais, mal tivemos tempo de conversar. À noitinha, quando saíamos, Jan levantou os olhos da prancheta e falou, como se aquilo fosse rotina:

— Espero você e Janaína domingo à tarde. Levem seus materiais, vamos ter trabalho. Por volta das 3 horas.

Nem uma palavra a mais. Naquela noite, Sandman e os Perpétuos andaram brincando com meus sonhos. TIVE TREMENDOS PESADELOS, via uma extensão enorme de papel de desenho sob meus pés e por toda a volta. Ouvia uma voz irritante falando comigo em uma língua que não entendia, e ME SENTIA CANSADO, QUASE CAINDO NO CHÃO. Não sei dizer quanto tempo durou isso, podia estar naquela situação havia horas, dias, semanas. Quando já estava exausto pelo esforço para me manter de pé com os olhos abertos, ouvi um grito de ave e vi Acauã surgir a meu lado, segurando-me o braço com suas garras, dizendo com uma voz que parecia a de Jan: "Tudo bem, eu estou com você. Não pare de desenhar". Só então minha mente clareou e percebi que tudo que eu via e ouvia no sonho tinha sido desenhado por mim: carregava na mão direita um lápis azul que riscava o chão, o ar, minha própria pele. Não me lembro se aconteceu alguma coisa depois disso, mas ACORDEI TOTALMENTE SEM ENERGIA e com o braço esquerdo dolorido pelo aperto das garras de Acauã.

14

ALMOCEI NA CASA DA NAÍ NAQUELE SÁBADO. A MÃE DELA, DONA MARISA, SEMPRE ME TRATAVA MUITO BEM, EMBORA EU SENTISSE NO AR QUE NÃO ERA UM NAMORADO CONSIDERADO IDEAL PELA FAMÍLIA. O PAI DA NAÍ ESTAVA VIAJANDO; ALMOÇAMOS SÓ NÓS TRÊS E CONVERSAMOS SOBRE BANALIDADES – NOSSAS SITUAÇÕES NA ESCOLA, PROBLEMAS DO BAIRRO, ASSALTOS, QUEIXAS SOBRE A INCOMPETÊNCIA DO GOVERNO... COISAS QUE TODO MUNDO DIZ QUANDO NÃO TEM NADA MELHOR A DIZER.

À TARDE PLANEJÁRAMOS ALGUMAS EXPERIÊNCIAS COM DESENHOS.

Também Janaína havia passado a noite com pesadelos, tínhamos quase certeza de que nos aproximáramos muito do mundo dos HQs.

— Lembra o que Jan falou, Déo? A dimensão dos sonhos é parecida com a deles. Acho que tentamos transpor os portais em nossos sonhos. MEU PESADELO FOI TREMENDAMENTE REAL.

— O meu também — respondi, afagando o braço afetado. — Acauã me agarrou com uma força tremenda. FIQUEI ESGOTADO. Você acha que ele pode sugar minhas energias, como Loh faz com seus desenhistas?

Naí limpara sua prancheta, trouxera papel, lápis, nanquim.

— Provavelmente sim, mas ele não quer prejudicar você. Só precisa de ajuda pra lutar. O que foi mesmo que ele disse, no sonho?

— "Tudo bem, eu estou com você." Ah, e mandou não parar de desenhar. Aí eu descobri que estava *desenhando o sonho*. Que loucura!

— Muito pelo contrário, parece bem lógico. Acho que sei o que o Jan quis dizer com: VOCÊ PRECISA TER SAÚDE PRA ENCARAR ESSA BRIGA. Vai ter de sustentar Acauã com seus desenhos e suas energias, se quisermos combater Loh.

Uma sensação desconfortável me invadia. Uma ideia nova brotava.

— Naí... Como o Jan planeja esse confronto? Se eu desenhar o Acauã, e ele desenhar o Loh... Vamos estar combatendo, armados de lápis e borracha! Eu e o Jan.

— Foi o que ele deu a entender. Mas serão Loh e Acauã, não você e Jan.

Ela me abraçara. Mas EU SENTIA QUE AQUELE ABRAÇO NÃO ME PERTENCIA, e afastei-a, irritado com uma ideia que me martelava a cabeça fazia alguns dias.

— Verdade, Naí? Até que ponto eu e o Acauã somos distintos? Mesmo que ele não seja minha criatura, sou sua contrapartida no mundo real. Não posso virar pássaro, mas ele pode. Ele não pode fazer cidades e florestas surgirem do nada, e eu posso, com meus lápis. Nós nos completamos. Somos *um*.

Ela ficou incomodada com o que eu dizia.

— Que confuso, Déo. Melhor encerrar esse assunto...

— Nem comecei, Janaína — vi que a perturbara com minhas ideias, e continuei com uma certa crueldade, que não era minha e podia muito bem ser de Acauã. — GOSTARIA DE SABER SE É DE MIM OU DO ACAUÃ QUE VOCÊ GOSTA.

Percebi com surpresa a mágoa aparecer em seus olhos. Naí nunca tinha sido garota de fazer drama.

— Por que você resolveu me agredir, Édson? Justamente agora?

Ela nunca me chamava de Édson. A bronca era feia... Avermelhei.

— Desculpe. Minha cabeça está a mil. Aquele pesadelo...

Por alguns instantes não nos olhamos, esperei que ela voltasse ao normal. Eu não passava de uma besta, Naí era a coisa mais importante da minha vida e tudo que eu fazia era planejar traiçoeiramente como transar com ela, além de agredi-la com atitudes infantis. Mas, no fundo, guardei a dúvida sobre o fascínio que Acauã, e não eu, causava nela. TALVEZ FOSSE POR ISSO QUE ELA FUGIA, sempre que surgia uma oportunidade de ficarmos mais íntimos.

— Acho melhor ir embora — acabei dizendo, com uma tremenda vontade de que ela me batesse ou coisa parecida.

— Besteira — ela estava tranquila outra vez. — Temos de continuar o que planejamos. DEPOIS QUE ESSA CONFUSÃO TODA ACABAR, EU DOU UM JEITO EM VOCÊ.

Algo malicioso na sua forma de falar me fez esperar ansiosamente pela hora em que ela "desse um jeito em mim". Arquivei mais esse pensamento para uso posterior e me sentei num dos bancos em frente à prancheta.

— Muito bem, qual é sua ideia?

— Não sabemos exatamente o que o Jan planejou para nós amanhã. O que quer que seja, temos de agir como na véspera de uma luta. Você precisa treinar.

— Treinar desenho?

— Treinar atravessar os portais. Lápis na mão, Déo; vamos desenhar.

Desenhamos freneticamente até a noite. Foi supercansativo; ela rabiscava monstros e guerreiros atacando. No outro lado do papel, eu esboçava Acauã a se defender. A CADA FOLHA DESENHÁVAMOS MAIS DEPRESSA, E OS COMBATES FICAVAM MAIS SANGRENTOS. E eu me sentia cada vez mais ligado a meu personagem...

Nem notamos quando escureceu. Estávamos presos no halo de luz formado pela lâmpada da prancheta, como se não pudéssemos sair. De repente, as luzes da sala se acenderam, e vi dona Marisa em pé perto da porta, a mão no interruptor, olhando-nos, assustada.

— Vocês ainda estão desenhando? Devem estar com fome. Venham comer alguma coisa.

Afastamo-nos da prancheta deixando terminado um desenho de Acauã, ferido, arrancando a arma da mão de uma guerreira alienígena com sua pequena lança indígena. FOI ENTÃO QUE VI O SANGUE NA MÃO DE NAÍ.

— O que é isso, Janaína? — estranhou a mãe. — Você se machucou?

— Puxa, que desastrada eu sou — ela disse, disfarçando a própria surpresa. — Acho que me cortei com o estilete quando apontava o lápis.

— Vamos limpar isso, menina. Já imaginou se infecciona?

A mãe de Naí tinha pavor de micróbios e infecções. Saiu com ela para o banheiro, e só aí PERCEBI QUE TAMBÉM ESTAVA MACHUCADO. Minha perna esquerda doía como se tivesse sido chutada, e havia sangue num corte em meu queixo, exatamente no lugar em que a alienígena ferira Acauã com sua faca.

Aproveitei para limpar o ferimento com um lenço antes que elas voltassem. Eu precisava descansar, esfriar minha cabeça, pôr os pés no chão. Sabia agora o que deviam ter sentido os desenhistas de Loh, antes de morrer. Claro que não temia Acauã, estávamos do mesmo lado. Mas, como provavelmente acontecera com Stan e Bart, EU TRANSPUSERA OS PORTAIS, E O PREÇO FORA MINHA ENERGIA. Naquela tarde, penetráramos o mundo dos HQs... Estremeci ao pensar que no dia seguinte voltaríamos lá — talvez mergulhando com mais profundidade. Comecei a me perguntar se conseguiríamos voltar intactos ao nosso mundo depois de um mergulho desses. Eu já me sentia como Spawn ou Constantine, de volta do inferno... Quando Naí e a mãe voltaram, procurei não pensar mais em HQs ou quadrinhos. Aquela poderia ser a última noite de sábado normal de nossas vidas, e merecia acabar bem.

15

EU NÃO TINHA A MENOR INTENÇÃO DE LER O JORNAL DE DOMINGO. LEVANTEI-ME SUPERTARDE, TOMEI UM SUPERBANHO E DEVOREI O SUPERCAFÉ QUE MINHA SUPERMÃE PREPARAVA NOS FINS DE SEMANA. COMBINARA COM A NAÍ QUE ALMOÇARÍAMOS SOZINHOS NUM PEQUENO RESTAURANTE NATURAL, QUE ERA O PREFERIDO DELA, POR SUAS SALADAS E PELOS PREÇOS BAIXOS. POUCO ANTES DE EU SAIR PARA NOSSO ENCONTRO, ELA TELEFONOU.

– ALGUM PROBLEMA? – PERGUNTEI, SURPRESO COM A CHAMADA.

– MAIS OU MENOS. VOCÊ LEU O JORNAL DE HOJE?

— Não. Por quê? — Tanta coisa na cabeça, e ela me vinha com jornais!

— É melhor ler o suplemento de arte e cultura. Vou até aí.

— Mas Naí, que raio de...

Ela havia desligado. Viria me encontrar. Bem, o jeito era ler o tal suplemento. Fui até a sala, mexi na pilha desarrumada em que o jornal tinha se transformado depois da leitura de meus pais, e lá estava. Um artigo na primeira página do suplemento, que imediatamente me fez gelar: "DESENHISTA DE QUADRINHOS MORRE NA ITÁLIA".

Luigi L. tinha se SUICIDADO havia dois dias.

Mais adivinhei que li o artigo. Contava como um conhecido artista dos quadrinhos italianos vinha agindo de forma estranha nos últimos meses, depois que começara a desenhar um personagem americano, o Biker. Não prestei muita atenção aos detalhes da vida do sujeito, só me impressionei com seu suicídio: jogara-se do alto de um edifício. Em seguida vinha um texto contando quem era o Biker, e como ELE ESTAVA SE TORNANDO UM PERSONAGEM MALDITO, já que todos os seus desenhistas haviam morrido de forma inesperada. Havia até quem dissesse que as mortes eram obra de algum assassino serial psicopata; a polícia chegara a reabrir a investigação das mortes anteriores, mas não descobrira nada.

A procura pelos gibis aumentava: OS FÃS PARECIAM TER DESENVOLVIDO UM CULTO ESPECIAL POR LOH, SUA VIOLÊNCIA E REBELDIA. Apesar disso, os editores não se apressavam em encontrar um substituto: uma espécie de superstição tomara conta dos profissionais da área. Talvez aquele fosse o fim do Biker. Talvez nunca mais publicassem suas aventuras.

Eu não acreditava nisso. Loh não ia terminar assim. Muita gente pelo mundo se candidataria a desenhá-lo, por causa da publicidade gratuita que a morte de Luigi agora proporcionava. As coisas haviam se complicado um bocado... Saímos assim que a Naí chegou. Conversamos pouco durante o almoço supernatural que ela me fez engolir. A morte de Luigi L. tinha me tirado a fome.

— E se fosse *mesmo* um assassino serial psicopata? — Naí perguntou.

— A polícia teria descoberto — refleti. — Nossa explicação é melhor.

— Melhor é irmos, Déo — ela falou. — São duas e meia.

Eu estava inseguro.

— Você acha que essas notícias vão mudar alguma coisa? Quero dizer, no trabalho que vamos fazer na casa do Jan?

— A única mudança — disse Naí, pensativa — é que neste momento talvez Jan seja a única pessoa no mundo desenhando o Biker. SE LOH QUISER TIRAR ENERGIA DE ALGUÉM, VAI SER DELE...

— Animador — resmunguei, enquanto tocava a campainha do apartamento.

16

– TUDO PRONTO. VAMOS COMEÇAR?

NAÍ RIU, EM RESPOSTA À PERGUNTA DE JAN. ESTÁVAMOS SENTADOS JUNTOS, NUMA GRANDE PRANCHETA, EM FRENTE AO DONO DA CASA, INSTALADO NUMA PRANCHETA MENOR. HAVIA LÁPIS, PINCÉIS, PENAS E NANQUIM À VONTADE. UMA PILHA DE PAPÉIS FORMATO A3 AO NOSSO ALCANCE. LUZES ADEQUADAS, PAPEL ABSORVENTE E ÁGUA PARA LIMPEZA DOS PINCÉIS. EU ESTAVA SERÍSSIMO, NÃO ENTENDI COMO A NAÍ CONSEGUIA RIR.

– VOCÊS ESTÃO SOLENES DEMAIS – ELA EXPLICOU. – E O DÉO COM ESSA CARA DE "AVE CÉSAR, OS QUE VÃO MORRER TE SAÚDAM".

São os próprios heróis dos quadrinhos... Mas não vivemos no mundo sombrio dos Watchmen, nem do Cavaleiro das Trevas! Acho melhor relaxarmos um pouco.

Ela estava certa, como sempre. COMECEI A FICAR IRRITADO COM A QUANTIDADE DE VEZES EM QUE MINHA NAMORADA TINHA RAZÃO. Mas não havia mesmo motivo para começarmos a desenhar tão tensos. Jan suspirou.

— Muito bem, sem solenidades. Mas sinto que Loh está impaciente. Se os jornais estão certos, há dias que ele não é desenhado... Vamos em frente e seja o que Deus quiser.

Ele tomou sua lapiseira de grafite azul e começou a traçar uma cena. Naí imediatamente rabiscou um cenário urbano e me passou o papel. Soube o que Jan quisera dizer com a impaciência de Loh. Acauã saiu de meu lápis apressado, ansioso, como se estivesse apenas esperando que a ponta encostasse na folha.

Desenhamos muitos e muitos quadrinhos. Nos dele, Loh rodava pela cidade deserta furiosamente, à procura de alguém. Nos meus, Acauã se esgueirava entre escombros fumegantes tentando não fazer barulho. Estava desarmado, e precisava achar algo que servisse para se defender. Ou, quem sabe, atacar... Nem eu nem Jan sabíamos o que aconteceria no próximo quadrinho. Eles surgiam, um a um, sem planejamento. NÃO CRIÁVAMOS NADA: ÉRAMOS APENAS INTÉRPRETES DOS HQs. Havíamos nos unido a Acauã e a Loh.

Nem percebi que, em dado momento, Naí não estava mais sentada a meu lado. Não havia mais a folha de papel à minha frente e outra em frente a Jan. Havia uma única folha enorme, branca, onde nós dois desenhávamos sem parar, perdendo aos poucos a consciência de nossos verdadeiros eus...

TÍNHAMOS TRANSPOSTO COMPLETAMENTE OS PORTAIS. Agora nos movíamos e respirávamos na dimensão dos HQs.

17

ELE ESTÁ CHEGANDO PERTO...
SE AO MENOS EU ENCONTRASSE UMA ARMA, OU...
TERRA!
TAP
TAP
TAP
SSSSSSSSSSH

TAP
TAP
TAP
BOA TENTATIVA, GAROTO. MAS A ESCOLHA
DO LOCAL FOI PÉSSIMA.
TAP
TAP
TAP
LOH...
VOCÊ SABE...
AQUI NAS RUÍNAS TUDO É FEITO DE CONCRETO.
...VOCÊ NÃO VAI ENCONTRAR TERRA.

COMO VÃO AS COISAS, LOH?
AH! PÁSSARO NA GAIOLA!
BEM...
CLACT!
MUITO BEM!
VAP!
AH!
VOCÊ NÃO SABE COMO ESPEREI POR ISSO!
VLAPT!
LEPT!

NÃO!
ORA...
AINDA NÃO PERCEBEU QUE NÃO ADIANTA FUGIR?
TEM QUE SER VOCÊ OU EU, ACAUÃ...
O QUÊ?!
CRAAAAAAC!

UM DE NÓS, LOH?
NÃO...
NÃÃÃO!
MORTE... TERRA...
CAAAAA
DÉO...
CLAC!

18

– DÉO! ACORDE, DÉO!

EU NÃO ESTAVA DORMINDO. POR QUE NAÍ GRITAVA DAQUELE JEITO? TENTEI AFASTAR SUAS MÃOS DE MEU ROSTO, E SÓ ENTÃO SENTI A DOR. MEUS JOELHOS ARDIAM, AS MÃOS LATEJAVAM. E AS COSTAS... MEU DEUS, EU TINHA SIDO CHICOTEADO!

ABRI OS OLHOS E DEI COM NAÍ ME ABANANDO COM UMA CAMISETA AZUL. MINHA CAMISETA... POR QUE EU A TIRARA? COMEÇANDO A ME LEMBRAR DE QUEM EU ERA, PULEI DO SOFÁ ONDE ELA ME DEITARA, APESAR DAS DORES.

– ONDE ESTÁ O JAN? O QUE FOI QUE...

Nunca imaginara que minha namorada tivesse tanta força. Fui agarrado como se fosse um garotinho e colocado de volta no sofá.

— Psiu! Jan foi para o quarto. Ele... Não se sentiu bem, e eu telefonei pro Alfa. Precisamos de um médico.

EU AINDA ESTAVA UM TANTO CONFUSO.

— O Alfa... Ele não é médico.

— Não, mas mora aqui perto e tem carro. Vamos levar o Jan pro hospital.

Quis chorar feito criança, apesar de meus quase dezessete anos.

— Naí, Loh... o Jan... Eu peguei a faca, o chão se abriu e... Tinha sangue no punhal. Fui eu que...

— Você não fez nada! Tudo vai ficar bem agora.

Ouvi no fundo da cabeça o eco da voz de Acauã, dizendo aquelas mesmas palavras. A RACHADURA ERA ENORME E PROFUNDA, LOH ESTAVA MORTO. Suas armas agora pertenciam a mim... Não, pertenciam a Acauã. Havia sangue na lâmina; em minha palma direita eu podia sentir a pressão do cabo entalhado da faca de Loh. Estava cada vez mais confuso, e só de uma coisa eu tinha certeza:

— JAN VAI MORRER E A CULPA É MINHA, Naí!

Então ouvi a voz dele.

— Fique calmo, garoto. Não é a primeira vez que eu preciso de ajuda.

A voz de Jan vinha fraca, mas risonha. Corri para o quarto e ele estava lá, sentado na cama, colocando algumas roupas numa maleta. Respirava com dificuldade.

Nenhum sinal de ferimentos, estava apenas esgotado. Sugado.

— Jan, eu...

— É melhor não comentar nossa pequena experiência com ninguém. Janaína vai cuidar dos desenhos, se alguma coisa... Se eu não puder cuidar deles. Ela é muito organizada.

Era mesmo. Naquele instante, Naí abria a porta pro Alfa, que chegava. ELA HAVIA CUIDADO DE TUDO. Descobrira, sabe-se lá onde, a carteirinha da assistência médica, ligara para o médico de Jan e avisara nossas famílias que estaríamos no hospital com um amigo. Enquanto o Alfa ajudava Jan a descer, ainda conseguiu fazer um curativo em meus joelhos arranhados.

— Vê se não anda de bicicleta por uns tempos, menino — disse, com a voz tão parecida com a de minha mãe que não pude deixar de me irritar. Queria beijá-la, abraçá-la... porém, tinha de obedecer à Mulher Maravilha.

Pegamos nosso material, ela encheu sua pasta com todos os desenhos, descemos. Na rua, Alfa instalava Jan em seu carro. Seguimos para o hospital.

19

FICAMOS AGUARDANDO NUMA SALA DE ESPERA VERDE-CLARA (FRIA COMO UM FREEZER) POR MAIS DE UMA HORA, RESPONDENDO O MENOS POSSÍVEL ÀS PERGUNTAS DO ALFA, ATÉ QUE AFINAL O TAL DR. CLÁUDIO, PARA QUEM NAÍ LIGARA, VEIO À NOSSA PROCURA.

– VOCÊS SÃO OS AMIGOS DO VELHO VULCÃO TEIMOSO, NÃO?

EU NÃO CHAMARIA JAN DE "VELHO VULCÃO TEIMOSO" NAQUELE MOMENTO, MAS SORRI AO PENSAR EM COMO O APELIDO SE ADAPTAVA A ELE, SEMPRE PARECENDO CALMO,

MAS PRONTO PARA UMA EXPLOSÃO. O TAL DR. CLÁUDIO DEVIA CONHECER BEM O NOSSO AMIGO.

— Somos — esclareceu Naí. — Estávamos com ele quando começou a passar mal. Fui eu quem telefonou para sua casa.

— Sei — ele nos encarou com uma tranquilidade irritante. — ACHO MELHOR CONVERSARMOS NOUTRO LUGAR.

— E o Jan? — perguntei, agoniado com a falta de notícias. — Como vai indo? Está vivo ou morto, caramba?

Naí apertou meu braço, e o Alfa se intrometeu.

— Estamos aqui há horas sem notícias, doutor.

O médico espantou a nuvem de fumaça que habitualmente cercava o Alfa (ali era permitido fumar) e continuou falando com a mesma calma de antes.

— Ele foi medicado e está sendo preparado para cirurgia. O estado imediato não é grave, mas quanto antes operarmos, melhor. O senhor talvez possa ir vê-lo por alguns momentos. Aguarde aqui, vou falar com a enfermeira.

— Nós também podemos? — perguntou Naí, mais depressa que eu.

— Primeiro preciso de algumas informações. Venham comigo.

Deixamos o Alfa na sala, bufando mais fumaça que nunca, e seguimos o dr. Cláudio para uma espécie de saleta no outro extremo do corredor. No caminho ele cochichou qualquer coisa com uma enfermeira e apontou para a sala de espera. No mínimo tinha dado ordens pra apagarem a chaminé.

— Muito bem, QUERO SABER EXATAMENTE O QUE VOCÊS ESTAVAM FAZENDO LÁ.

Encrenca. Eu já estava me sentindo culpado o bastante, sem precisar de um interrogatório formal. Comecei a imaginar o que a polícia pensaria se Jan morresse. Eu seria seu assassino, por ter desenhado meu personagem matando o personagem dele? Comecei a suar. Jan dissera para não comentar a "experiência" com ninguém. Ele não me culpava. E os outros? Pensariam que éramos malucos, obviamente. Abri a boca, mas não consegui dizer nada.

Naí, como sempre mais sensata, foi quem falou:

— Estávamos desenhando. Fazendo umas experiências com quadrinhos.

— Vamos deixar as coisas claras. Eu não sou só o médico do Jan, sou seu velho amigo. Trato dele há anos, sei que tem umas ideias um tanto malucas, mas nada muito alarmante... até hoje. NUNCA O VI TÃO ESGOTADO, PARECE QUE LEVOU UMA SURRA! Agora, vão me contar o que aconteceu ou não vão?

Eu e a Naí nos entreolhamos. Poderíamos confiar nele? Naí enrolou:

— Estávamos desenvolvendo uma história. Eu desenhava os cenários, o Déo e o Jan desenhavam, cada um, seu personagem. Não é nada que vá ser publicado, mas mesmo assim desenhar é um trabalho absorvente; ficamos horas em cima da prancheta. De repente, Jan tonteou e caiu do banco da prancheta. Eu corri pra segurar. Ele foi pro quarto muito cansado, disse que o coração não estava batendo legal, que era melhor fazer uns exames. Enquanto ele arrumava umas roupas, eu liguei pro Alfredo e pro senhor. Só isso.

— Parece pouco para o estado em que ele está. E você, garoto, qual a sua versão? — disse, olhando com suspeita para a pasta que Naí levava.

— Foi como ela contou — tentei explicar —, com a diferença de que não notei nada no Jan até ele entrar no quarto. FIQUEI COMPLETAMENTE DESLIGADO, ENQUANTO DESENHAVA. ASSIM MEIO FORA DO MUNDO.

— Vocês tomaram alguma droga? — ele disse, a voz baixa. — Não vou encrencar ninguém, só quero *saber*.

Eu me senti avermelhar, e Naí avançou com o dedo esticado para ele.

— A gente não tomou droga nenhuma! Quer aproveitar seu laboratório e fazer um exame agora, pra ter certeza?

Do outro lado do corredor havia uma porta com a placa "Análises Clínicas". Naí estava tão furiosa que seria capaz de ir lá e exigir que tirassem seu sangue para analisar.

O cara sorriu amarelo:

— Desculpem. Na verdade, vocês não apresentam perfil de consumidores de drogas. EU SÓ QUERIA TIRAR A DÚVIDA...

Naquela hora um médico mais moço veio até a porta da saleta e fez um sinal pra dentro. Parecia ter pressa. O tal dr. Cláudio hesitou um pouco, como quem ainda tivesse muito a perguntar. Mas deve ter visto na nossa cara que não íamos dizer mais nada além do que tínhamos dito.

— Preciso ver nosso amigo, agora. É melhor vocês irem para casa.

Agarrei o homem pela manga antes que ele sumisse naquele labirinto verde-claro que era o hospital.

— Ainda não sabemos direito como o Jan está. ELE CORRE PERIGO? Não precisam de autorização da família pra uma cirurgia dessas?

— Normalmente, sim. Na verdade, mandei chamar a irmã do Jan ou algum dos sobrinhos. Um deles deve estar a caminho daqui.

Eu nunca soubera que Jan tivesse irmã ou sobrinhos.

— Entendam — o médico continuou —, O JAN IA OPERAR O CORAÇÃO DE QUALQUER JEITO. A papelada do hospital está pronta há meses. Tínhamos marcado a cirurgia para o mês passado, mas ele estava bem e me pediu para adiar por algumas semanas. Queria resolver uns negócios. Quanto a correr perigo, claro que há risco. Talvez vocês não saibam, mas o velho vulcão teimoso já enfrentou duas cirurgias antes. Nos últimos dois anos seu estado se agravou, e achamos melhor operar outra vez. Tenho acompanhado a evolução do problema semanalmente, por isso gostaria de saber *de verdade* o que aconteceu hoje na casa do Jan.

— Nós já contamos — encerrou Naí. — Vamos, Déo.

Eu não tinha certeza de que queria ir embora dali.

— Não podemos ficar e esperar a cirurgia terminar?

— Não sei nem a que hora vai começar, garoto. Peguem seu amigo fumante e vão para casa. Se quiserem... Deixem um telefone comigo, eu entro em contato com vocês.

Fomos embora com o Alfa, que estava furioso por não ter conseguido ver o Jan, apesar de ter esbravejado com metade das enfermeiras. Ele nos deu uma carona até a casa da Naí e estava tão ocupado resmungando que nem reparou que não dissemos uma palavra até chegarmos.

— Até amanhã. Se souberem de alguma notícia, me liguem. Vou ficar em contato com a irmã do Jan, também. Parece que ela estava indo para o hospital.

Depois que o Alfa sumiu — seu carro soltando tanta fumaça pelo escapamento quanto ele pelo nariz —, Naí me abraçou forte, embora eu não reagisse. Estávamos em frente ao prédio, e ela carregava sob um braço a pasta onde guardara todas as folhas de papel em que desenháramos naquela tarde.

— Naí, o que vai acontecer se...

ELA TAPOU MINHA BOCA COM SUA MÃO.

— Déo, Loh foi destruído ao cair naquele abismo, ele não vai voltar.

— Como você sabe? Todo personagem de quadrinhos que morre acaba voltando, de um jeito ou de outro: veja o Super-Homem, ou a Jane Grey, que voltou como Fênix. Ele pode simplesmente se salvar, arrumar outro desenhista...

— Não vai arrumar. Ele morreu na dimensão dos HQs, eu *sei*.

— Por que tem tanta certeza?

— Você esqueceu? Fui eu quem desenhou o cenário. Criei o terremoto, a fenda, o abismo sem fim. LOH NÃO VOLTA MAIS, APOSTO MINHA VIDA NISSO.

A segurança dela fez com que me sentisse melhor. Despedimo-nos e tomei o caminho de casa. Já era tarde, eu estava tão cansado que nem sentia meu corpo caminhar. Os joelhos não ardiam mais, em compensação um vergão em minhas costas latejava. Teria de esconder meu estado lá em casa; como explicar pro Velho e pra Rô que tinha sido chicoteado por um ciclista solitário, assassino, dissidente de gangues futuristas?

Apesar do cansaço, da dor, da preocupação com Jan, EM ALGUM LUGAR DE MINHA CABEÇA HAVIA UMA ESTRANHA SENSAÇÃO DE PAZ.

Antes de dormir naquela noite, sozinho em meu quarto, remexi numa pasta e olhei um gibi de Loh. Parecia totalmente inofensivo; ele devia, mesmo, estar morto. Ou estaria eu desacreditando da vida que atribuíramos aos HQs? Abri outra pasta e olhei para meus últimos desenhos de Acauã. Não, eu ainda acreditava em tudo aquilo. MEU PERSONAGEM ESTAVA MAIS VIVO QUE NUNCA, QUASE RESPIRANDO NO PAPEL, TENSO, INQUIETO, DOLORIDO, CANSADO COMO EU. De alguma forma, senti que ele sorria para mim.

20

JAN MORREU UM MÊS DEPOIS. AGUENTOU BEM A OPERAÇÃO, MAS SURGIRAM COMPLICAÇÕES MAIS TARDE. NÃO CHEGOU A SAIR DO HOSPITAL, EMBORA ESTIVESSE A PONTO DE IR PARA CASA. SÓ NÃO FOI PELA IMPLICÂNCIA DO DR. CLÁUDIO, QUE REPETIA MILHARES DE VEZES:

– SE EU LHE DER ALTA, EM CASA VOCÊ NÃO VAI DESGRUDAR DA PRANCHETA E NO DIA SEGUINTE ESTARÁ DE VOLTA ESGOTADO. APROVEITE AS FÉRIAS NESTE HOTEL DE LUXO, MEU VELHO.

– VOCÊ QUER DIZER NESTA PRISÃO – JAN RESPONDIA. – SÓ FALTA ME ACORRENTAREM. SOU UM PRISIONEIRO, ISSO SIM!

Fomos visitá-lo várias vezes e sempre o encontramos de razoável humor, embora a cada visita estivesse mais fraco e cansado. POUCAS VEZES CONSEGUIMOS FICAR A SÓS E FALAR EM NOSSA "EXPERIÊNCIA".

— Como estão... *eles*? — perguntou, um dia em que pudemos conversar.

— Calmos — respondeu Naí. — Sondei o Alfa quanto a novas histórias do Loh, e ele disse que não há previsão. Parece que ficou meio esquecido. A revista do mês passado não vendeu muito, e agora só se fala em um desenhista japonês que lançou um material novo de primeira qualidade. Mangás têm público garantido, você sabe.

— NÓS CONSEGUIMOS, JAN — eu disse, animando-o, mesmo que por dentro ainda tivesse algumas dúvidas. — O BIKER SUMIU. Não pode mais influenciar ninguém, vai cair no esquecimento.

— E... o Acauã, como vai? — Era como se ele estivesse perguntando sobre um colega ou vizinho. Sorri ao responder:

— Ótimo. O Alfa já me pediu uma página nova, talvez saia todo bimestre. PARECE QUE O DESENHO AGRADOU.

— Muito bom. Muito bom... mas não descuidem. Pode haver outros como Loh. Se sentirem necessidade, contem a alguém. Contem a todo mundo. TER UM SEGREDO DESSES PODE SER PERIGOSO PARA VOCÊS DOIS.

Não pudemos conversar mais depois disso; sempre havia parentes, amigos, enfermeiras por perto, e falar sobre aquele assunto não era possível na frente de pessoas normais.

Vi Jan ainda algumas vezes, e soube que ele não viveria muito tempo. O médico explicava seu estado em termos técnicos, mas eu e a Naí sabíamos que suas energias vitais tinham sido sugadas naquela luta e não poderiam ser recuperadas.

A última vez que o vimos estava com a irmã, uma senhora simpática e quieta. Fraco demais para falar, ele só apontou uma caixa num canto do quarto. A irmã foi pegar e trouxe para mim.

— Jan pediu pra entregar isto a você. Também desenha, não é?

Naí me ajudou a abrir a caixa; demos com uma pistola de aerografar que tínhamos visto no apartamento. Era linda, devia custar supercaro.

— Jan! Você não devia. Nem sei mexer direito com aerógrafo!

VI UM BRILHO MALICIOSO NO OLHAR DELE. Foi sorrindo que falou, baixinho:

— Você vai aprender. Lembre de ir com calma. Não force a barra. A distância certa, a quantidade certa de tinta e de água... dar tempo ao tempo.

No dia seguinte, o dr. Cláudio telefonou para avisar. Fiquei sabendo pela minha mãe, quando voltei do colégio. Ela foi me encontrar na porta de casa. E eu tive de me sentar ali mesmo, porque de repente tive a sensação de ver, com o rabo dos olhos, uma moça de cabelos curtos e vestida de preto, passando pela rua. Olhei de novo e não vi nada. Mas eu sabia que tinha sido real, e sabia quem ela era: MORTE, A IRMÃ DE MORPHEUS...

— Você gostava muito dele, não é? — minha mãe falou, tentando me consolar.

Mas eu não precisava de consolo. Não pela morte de um amigo. Depois de conhecer o mundo dos HQs, como acreditar que esta nossa estreita dimensão é a única em que se pode viver? Sim, JAN TINHA PARTIDO, E NÃO NOS VERÍAMOS MAIS NESTE UNIVERSO. Porém, eu sabia que, além dos traços a lápis sobre o papel, além da vida real, além do mundo confuso do Mestre dos Sonhos, haveria portais ainda não transpostos. E tive certeza de que um dia, por trás de um desses portais, ainda me encontraria com aquele velho vulcão teimoso.

FUI ATÉ A BANCA E GASTEI O QUE SOBRARA DO MEU ÚLTIMO PAGAMENTO EM GIBIS. LEVEI X-MEN, REVISTAS DE TERROR E ALGUNS QUADRINHOS ERÓTICOS POR BAIXO DE TUDO, PARA ESCAPAR DO OLHO COMPRIDO DA VELHA RÔ.

NÃO PROCUREI A NAÍ. TINHA VONTADE DE DAR UM TEMPO, ESQUECER UM POUCO NOSSA AVENTURA E MEUS CIÚMES.

Nem olhei para meus novos esboços de Acauã. Li até cansar e depois telefonei pro Zeca, querendo jogar *videogame*.

Fui para a casa dele, e Zécarlos me mostrou uns *games* novos. FICOU ME OLHANDO COM AR CURIOSO enquanto jogávamos. Afinal, não aguentei.

— Que tanto me olha, ô cara? Nunca viu?

— Só queria conferir se você tá legal. Fiquei preocupado com tudo que aconteceu.

— Tudo ótimo. PASSEI UMA CRISE, VOU SUPERANDO. Vamos jogar agora?

Zeca não parecia estar convencido de que tudo estava bem.

— E aqueles problemas com os seus desenhos? Eu vi um artigo no jornal sobre o Biker uns tempos atrás. Depois, quando o Jan morreu, fiquei pensando... se não teria alguma coisa a ver com aquelas velhas coincidências. Você e a Naí andaram muito misteriosos.

Lembrei o que Jan dissera. *Contem a alguém. Ter um segredo desses pode ser perigoso...* Mais uma vez, quase contei tudo a ele. E uma dorzinha em minhas costas me fez calar. OS GOLPES DO CHICOTE DE LOH ERAM RECENTES DEMAIS; preferi esperar que aquelas dores, e outras, cicatrizassem.

— Um dia a gente fala nisso, Zeca. Hoje não. Dá um tempo...

A pausa que me concedi não durou muito: na segunda-feira à tarde, Naí me alcançou no saguão da editora, quando eu estava prestes a sair.

— Déo? Podemos conversar?

"ME PEGOU NO FLAGRA", pensei. Tinha fugido dela o dia todo, agora não tinha desculpas. Precisava encarar a conversa séria que viria.

— Vamos juntos, então.

Ela me estudou enquanto íamos para o ponto, ensaiando como começar.

— Você tem fugido de conversar comigo desde o enterro. Qual é o problema? Ainda se sente culpado? Tem a ver com os HQs ou é outra coisa?

— Tem a ver com tudo — desabafei. — Com o Jan, com o Loh, com os HQs. Isso dança na minha cabeça, mas o pior passou: não é nada que me mande pro hospício.

— Então é comigo, Édson? Se nosso namoro não anda legal, fugir não adianta. É MELHOR ACERTAR AS COISAS DE UMA VEZ.

Encostei num dos pilares do abrigo no ponto do ônibus. Naí, sempre tão sensata, racional e organizada! Queria logo pôr os pingos nos "is". Jamais deixar pra amanhã o que se pode fazer hoje. Topei o jogo dela.

— Muito bem, confesso, foi covardia minha fugir, meritíssima. Posso me defender antes de receber a sentença? Ou a condenação vem antes da defesa?

— Engraçadinho — ela disse, meio sem jeito.

Eu havia brincado com aquilo, apesar de me sentir réu como nos quadrinhos, com o Juiz Dredd pronto para me condenar e executar.

— Pode dizer que eu fiquei maluco se quiser, mas continuo não tendo certeza se você gosta de mim ou do Acauã. Os HQs são reais, Naí. O mundo deles é real.

Não dá para duvidar. Eu tenho marcas nas costas que ainda doem.

Como se quisesse reforçar minhas palavras, o bendito vergão do chicote de Loh repuxou e ardeu como nunca. Apertei os dentes pra não gemer.

Ela tentou pôr um braço em meu ombro, mas me esquivei. Não antes de resolver tudo. Sensata e racionalmente, do jeito que ela gostava.

— Então é isso — Naí disse, baixinho. — Acauã.

— Deveríamos ter conversado sobre isso há tempos. O que você acha? O que você sente? O QUE NÓS DOIS SOMOS PARA VOCÊ?

Nosso ônibus apareceu, parou no ponto e não subimos. Naí encostou do outro lado do pilar e evitou meu olhar. De repente, a situação estava invertida, e era ela agora quem se sentava no banco dos réus. A sensação não era nada boa, eu sabia, mas era ótimo que *ela* sentisse, para variar.

— Eu não sei, Déo — ela falou, afinal. — Conheci o Acauã pelos fanzines, antes de conhecer você. Mergulhamos tão fundo nisso tudo, acho que não consigo separar um do outro. GOSTO DE VOCÊ, MAS VOCÊ É UM POUCO ELE. Dá para entender?

Que dava, dava. Mas não facilitei nada para ela.

— Você podia explicar melhor.

Pela primeira vez na vida pensei que Naí ia fazer bico de choro.

— Fico confusa, nem sei direito o que estou dizendo.

Tive vontade de rir. Minha garota, sempre tão madura e cheia de razão. Desenhava com segurança, sabia

o que queria da vida, era Mulher com *M* maiúsculo; e AGORA ESTAVA ALI, ENCOSTADA NA PILASTRA, TÃO CONFUSA, INCOERENTE E INCERTA QUANTO QUALQUER GAROTA DE SUA IDADE. Como qualquer garoto. Como eu.

Porém meu riso não saiu alegre: foi algo cruel, que até me lembrou o rosto do Coringa na minha história preferida do Batman, *A piada mortal*. E a sensibilidade de Naí percebeu aquilo.

— Não vejo motivo pra rir — ela resmungou.

— Desculpe. É que é a primeira vez que vejo você cheia de dúvidas. A senhorita *Perfeição* costuma ter tanta certeza de tudo...

Quase me arrependi pela ironia, ela podia passar sem aquela. Afinal, eu podia ter lá os meus defeitos, mas agir feito um psicopata maligno, um vilão de Gotham City, não era parte de mim...

Tentei pensar com honestidade, e comecei a entender melhor nosso caso: NÃO ERA NAÍ QUEM SE CONFUNDIA ENTRE A FICÇÃO E A REALIDADE, ERA EU. Na verdade, meus ciúmes de Acauã não eram genuínos. O que estivera sempre em minha cabeça é que, se tivesse de escolher entre mim e meu personagem, Naí escolheria ele: só um herói dos quadrinhos merecia ser amado por aquela garota mais eficiente que a Mulher Maravilha.

Não falei em voz alta, mas ela pareceu captar meus pensamentos.

— Não sou a Mulher Maravilha. Sei lá, sempre quis fazer as coisas certas demais. Perfeitas. Eficientes. E não consigo, não é? Ninguém consegue.

— NOBODY'S PERFECT — suspirei, lembrando uma frase do meu livro de inglês. — Nenhum de nós é um super-herói.

— Preciso me acostumar com isso. Acho... tenho sido bem chata, Déo — ela disse, olhando para o chão.

— Eu também não tenho sido a melhor companhia do mundo.

Parecia de propósito. Nosso ônibus, que às vezes demorava meia hora para aparecer, veio pela segunda vez, mas não fizemos sinal e ele passou direto.

Ela quis dizer algo, desistiu. Era hora de mudar de assunto.

— Naí.

— Hum.

— Vamos pegar um cinema?

— Hoje?

— É.

A resposta adequada seria: "Sair segunda à noite é uma grande burrice, temos aula de manhã e estágio à tarde, vai dar a maior canseira". Mas pela primeira vez ela não optou pela alternativa mais sensata. Sorriu com os olhos.

— Dá para passar em casa antes e deixar essa pasta? Pesa muito.

Dei uma espiada no relógio, era cedo. Sorri de volta.

— Boa. Assim a gente come alguma coisa, ESTOU MORTO DE FOME. E deixa que eu carrego sua pasta. Ou essa é uma atitude machista demais pra você?

— Pode ser que seja, mas eu não me importo. O peso é todo seu...

Bem, se havia pingos para pôr nos "is", eles estavam no lugar certo naquela hora. TROCAMOS UM BEIJO LONGO, IGNORANDO TOTALMENTE AS PESSOAS AO NOSSO REDOR. Éramos ainda uma dupla. Só precisávamos dar tempo ao tempo.

Outro ônibus parou no ponto, e dessa vez entramos. Juntos, o braço dela no meu, segredos intactos, planos conjuntos para novos desenhos, projetos, trabalhos. TÍNHAMOS TEMPO. MUITO TEMPO.

Sexta-feira, 30 de julho, dez e meia da noite

Foi apenas há um mês, e parece um século. Ainda estamos namorando, e me arrisco a dizer que vamos ficar juntos por bastante tempo. Fiz o que ela queria, pus no papel tudo que consegui lembrar sobre os HQs. E me sinto bem melhor agora. Coisa estranha, os medos que eu tinha — de mexer com eles, revelar seus segredos, desencadear novos confrontos — hoje me assustam menos do que revelar meus pensamentos, minha relação com Janaína, tanta coisa que jamais diria publicamente e acabei dizendo através deste *laptop* de teclado estreito, onde é um sacrifício digitar qualquer coisa.

Fico imaginando se um dia deixarei que alguém leia meus escritos. E, se deixar, será que esse possível leitor acreditará na existência da dimensão dos HQs? Não sei. Eu mesmo às vezes duvido. Chego a pensar que nada daquilo se passou de verdade, que Jan morreu de uma antiga doença cardíaca, que eu e Naí soltamos demais a imaginação depois de ler gibis em excesso.

Então sinto uma familiar repuxada nas costas, lembrando--me de que um dia aventuras heroicas e dolorosas ultrapassaram os limites do papel e feriram meu corpo...

Tenho pensado muito sobre o que os quadrinhos significam pra mim. Desde pequeno, tenho viajado neles, vivido (em segunda mão) fatos de tempos e lugares em que há perigos, combates — eles precisam ser heróis, aguentar as barras com coragem e sacrifício. Hoje, aqui, neste nosso universo, tudo é tão fácil... Claro que há o perigo de assaltos e acidentes, problemas com falta de grana, família, garotas. Conflitos prosaicos, nem de longe tão emocionantes quanto um combate corpo a corpo com seres poderosos e ameaçadores.

Bem, graças aos HQs eu vivi nesse clima de combate, medo e heroísmo; aceitei as consequências e não me arrependo, agora que a morte de Jan não me dói tanto — e que meu namoro com a Naí sobreviveu e amadureceu.

Sim, talvez eu mostre nossa aventura aos outros, e não seja mais difícil do que foi, pra mim, ter exposto tudo a ela. Talvez acreditem no que escrevi, e sintam também a emoção de ser um pouco herói, mutante, super-humano.

Tenho alguns dias até que as aulas comecem. Como deixei o estágio na editora e só vou procurar trabalho fixo no ano que vem (se sair livre do Exército), tenho tempo para desenhar. E neste momento mal posso esperar pra guardar na malinha o *laptop* cansativo de Naí e ter outra vez a prancheta livre, uma folha branca à minha frente, lápis apontados, um vidro de nanquim aberto.

Não é só o Acauã que está impaciente para surgir na ponta de meus lápis e atravessar de novo os portais de nossos dois mundos. Eu anseio por mergulhar outra vez na mágica de desenhar e criar universos inteiros, sem ter certeza de estar desenhando seres imaginários — na dúvida se este meu universo é que não passa de um desenho inacabado, rabiscado em algum lugar por *alguém*, quem sabe, para uma enorme História em Quadrinhos.

NOTAS DA AUTORA

Esta é uma obra de ficção. Qualquer semelhança que exista com fatos acontecidos, ou com pessoas, vivas ou mortas, não passa de coincidência.

O pássaro chamado Acauã, que deu o nome ao personagem de Déo, realmente existe na fauna brasileira. É o Herpetotheres cachinnans, *ave da família dos Falconídeos e conhecido como Gavião-ruidoso; a designação "acauã" é indígena e significa "ave devoradora de cobras".*

Loh, o Biker, assim como Acauã, não existem como personagens de quadrinhos; eles e o enredo de suas respectivas histórias foram criados especialmente para este livro. Os outros personagens citados são parte da história dos quadrinhos no mundo e foram relacionados aqui, com os devidos créditos a seus criadores, como uma forma de homenagem aos gênios que povoaram nosso imaginário com suas aventuras.

ARTISTAS, HISTÓRIAS E PERSONAGENS CITADOS NESTE LIVRO

AKIRA Personagem criado por Katsuhiro Otomo em mangás, no Japão, a partir de 1982. Akira é uma poderosa criança paranormal, parte de um grupo controlado por uma organização de pesquisas militares. Abordando a disputa pelo poder no século XXI, num mundo à beira da quarta guerra mundial, as aventuras cheias de ação de Akira e seus coadjuvantes apresentam estilo cinematográfico. Publicado a partir de 1988 nos Estados Unidos pela Marvel Comics. O desenho animado que mostra o início da saga de Akira, Tetsuo, Kaneda, Kay e muitos outros foi lançado no cinema em 1989 e alcançou repercussão mundial.

ALAN MOORE Roteirista inglês, criador de alguns dos maiores clássicos de todos os tempos das HQs. Moore escreveu na década de 1980 a saga do Monstro do Pântano e o inesquecível *Batman: a piada mortal*, com desenhos de Brian Bolland. Como se não bastasse, criou ainda *Watchmen* e *V de Vingança* — esta uma série sombria sobre a liberdade, o fim da privacidade e a anarquia. Depois dessa história, a Inglaterra jamais seria a mesma!

ALEX RAYMOND Desenhista americano. Na década de 1930, venceu um concurso da King Features Syndicate, que desejava revelar novos talentos (e personagens) para competir com os sucessos da época: Buck Rogers (por Calkins), Tarzan (por Hogarth) e Dick Tracy (por Chester Gould). Raymond venceu criando Flash Gordon, Jungle Jim (Jim das Selvas) e o Detetive X-9 (com roteiro do escritor policial Dashiell Hammett); todos foram lançados em 1934. Mais tarde (1946), criou as sofisticadas tiras do detetive Rip Kirby. Alex Raymond é considerado um dos maiores desenhistas de quadrinhos de todos os tempos, tendo inovado com o equilíbrio perfeito entre cenários e personagens e o uso dos contrastes entre branco e preto. Seu personagem de maior projeção é Flash Gordon; seus quadrinhos chegaram a ser utilizados em pesquisas de cientistas da NASA, que encontraram em naves espaciais e armas criadas por Raymond soluções para o programa espacial. Combatendo o Imperador Ming no planeta Mongo, ou namorando Dale Arden, Flash Gordon é um clássico da ficção científica.

Vaughn Youtz/ZUMA/Corbis/LatinStock

ALEX ROSS Artista americano que deixou o mundo de boca aberta ao eliminar o traço de nanquim que sempre contornou os personagens de quadrinhos. Ele pode não ter sido o primeiro a fazer isso, mas com certeza foi o que causou mais impacto quando, na década de 1990, desenhou a série *Marvels*, com roteiro de Kurt Busiek. A minissérie, que retratou o universo Marvel, fez tanto sucesso que pouco depois Ross foi chamado para desenhar os personagens da DC (Detective Comics), na série *Kingdom Come* (*O reino do amanhã*), com roteiro de Mark Waid. O que distingue Alex Ross de outros desenhistas são o requinte e o realismo com que pinta tanto super-heróis como pessoas comuns: cada quadrinho é uma obra de arte.

Lailson Santos/Editora Abril

ANGELI Cartunista e chargista brasileiro, publica tiras diárias em jornais e participou da revista *Chiclete com banana*, satírica e irreverente. Angeli criou personagens antológicos como a falecida Rê Bordosa, Bob Cuspe, Wood & Stock e muitos outros. Com Glauco e Laerte publicou *Los 3 amigos*, engraçadíssimas aventuras que satirizam histórias de bangue-bangue.

ASTERIX As hilariantes *Aventuras de Asterix, o Gaulês*, surgiram na França em 1959, desenhadas por Uderzo e escritas por Goscinny. Contam a saga do pequeno guerreiro Asterix e seu inseparável amigo Obelix, o carregador de menires. Briguentos, comilões e loucos por uma briga, eles vivem numa aldeia gaulesa que, no ano 50 antes de Cristo, resiste ao domínio dos invasores romanos com a ajuda de uma poção mágica preparada pelo druida da aldeia, Panoramix. Asterix tornou-se tão popular que é hoje considerado um símbolo do povo francês, e é tema de um enorme parque em Paris.

BATMAN Herói criado por Bob Kane em 1939, o homem-morcego é a identidade secreta do milionário Bruce Wayne, que vive em Gotham City e desenvolve uma parafernália para combater o crime (o *batmóvel*, o *batcinto de utilidades*...). Combatendo os vilões Coringa, Pinguim, Mulher-Gato e vários outros, Batman é sombrio e angustiado. Em 1968 apareceu acompanhado por Robin (Dick Grayson, protegido de Wayne), num seriado de TV que foi marcante pelo uso das onomatopeias de quadrinhos, pelos ângulos de câmera inusitados e por um humor que acabou com a seriedade do personagem. O caráter *dark* de Batman só seria resgatado em 1989, com a série *O cavaleiro das trevas*, de Frank Miller. Vários filmes do Batman têm sido produzidos para o cinema. Publicado até hoje pela DC.

BRIAN BOLLAND Mais um artista britânico a desenhar inúmeros super-heróis dos dois lados do Atlântico. Sua arte para o clássico de Alan Moore, *Batman: a piada mortal*, veio após uma pequena obra-prima, a série *Camelot 3000*, com roteiro de Mike Barr. Nessa história, o rei Arthur é despertado em sua tumba em Glastonbury, num futuro distante, para salvar a Terra da maior de todas as ameaças; e vai à procura de seus Cavaleiros da Távola Redonda, que estão por perto, porém reencarnados em corpos e lugares muito diferentes...

CAPITÃO AMÉRICA É o super-herói americano por excelência. Criado por Joe Simon e desenhado por Jack Kirby, surgiu em 1941, durante a Segunda Guerra, para encarnar o espírito da justiça, da liberdade e do *american way of life*. O recruta Steve Rogers, soldado com poucos recursos físicos, submete-se a uma experiência científica e se transforma num super-herói imbatível a serviço da América. Começa combatendo o terrível Caveira Vermelha, líder nazista. Mais tarde faz parte do grupo *Avengers*, os Vingadores. Personagem da Marvel.

CHARLIE BROWN
Personagem de tiras diárias chamadas *Peanuts* (*Minduim*), Charlie Brown é criação do americano Charlie Schultz. Nos anos 1950 inaugurou a chamada "fase dos quadrinhos cerebrais", em que os personagens (infantis) satirizam e analisam a sociedade (adulta) em suas contradições. Seu cachorro Snoopy superou a fama do dono e virou moda em camisetas, bonecos e centenas de produtos — além de a turma toda fazer sucesso nos desenhos animados.

2007 United Media/Ipress

CHRIS CLAREMONT

Roteirista americano que renovou o que é, provavelmente, o maior fenômeno do mundo dos quadrinhos: *X-Men*. Por dezessete anos, entre as décadas de 1960 e 1980, ele transformou os mutantes da escola do professor Xavier em ídolos absolutos, no gibi *Uncanny X-Men*.

DEMOLIDOR, O HOMEM SEM MEDO

DEMOLIDOR, O HOMEM SEM MEDO Daredevil, criado por Stan Lee para a Marvel, em 1941, é Matt Murdock. Ele presencia a morte do pai, num acidente com um caminhão carregado de material químico. Matt perde a visão no acidente, mas tem ao mesmo tempo seus outros sentidos enormemente aguçados. Cria então a identidade secreta de Demolidor, o Homem sem Medo, e sai nas sombras da noite para procurar os causadores da morte de seu pai. Ninguém suspeita, porém, que um herói tão cheio de recursos seja totalmente cego. Também foi retratado no cinema, assim como sua amada Elektra.

ELEKTRA Também chamada a Ninja Assassina, Elektra foi criada por Frank Miller em histórias do Demolidor. Ela é uma assassina treinada pela organização Tentáculo, e acabou tornando-se uma mercenária independente, na aventura *Elektra Assassina*, de 1986. Elektra chegou a morrer e a ser ressuscitada; além de interagir com o Demolidor, também apareceu em histórias de Wolverine.

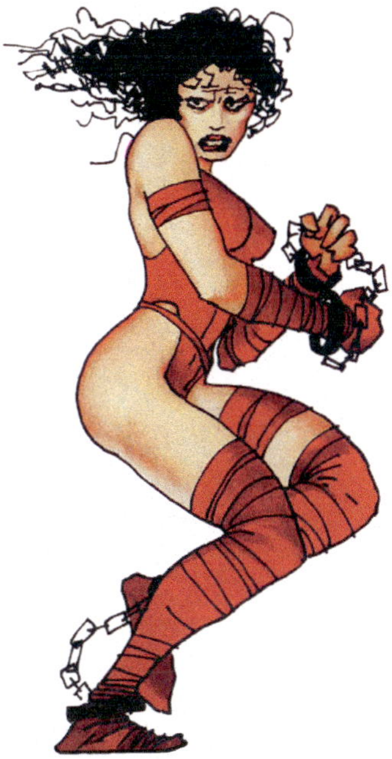

O ESPÍRITO (*Spirit*) Foi criado por Will Eisner, em 1940, em histórias completas nos jornais de domingo. O Espírito não tem superpoderes: é um homem comum, oficialmente morto, porém vivendo sob uma identidade secreta. Ele vive histórias de detetive num cenário nova-iorquino, permeadas por um humor irônico e certa amargura. Os desenhos, inovadores para a época, usavam técnica cinematográfica nos enquadramentos, cortes e iluminação, conseguida pelo uso genial do claro-escuro.

2007 King Features/Ipress

FERNANDO GONSALES

Mais um talentoso cartunista brasileiro que, há mais de vinte anos, publica tiras diárias nos jornais. Seu personagem Níquel Náusea, o ratinho, dá nome à tira; mas outros personagens também aparecem, como a barata Fliti. Uma curiosidade é que Fernando é formado pela USP em Veterinária, Zootecnia e Biologia, portanto ele sabe o que está fazendo quando desenha seus personagens animais!

Cleo Velleda/Folha Imagem

FANTASMA

Criado pelo americano Lee Falk em 1936, desenhado por Ray Moore e depois por Wilson McCoy, o Fantasma é um dos primeiros grandes heróis dos quadrinhos. Com fama de imortal, e lutando contra a pirataria e pela justiça na selva entre os pigmeus Bandar, o Fantasma é uma identidade que passa de pai para filho. Diferente dos personagens para quem o tempo não corre, o "espírito que caminha" evoluiu: chegou a casar-se com a eterna namorada (Diana Palmer) e até a ter filhos.

FRANK MILLER Ele revolucionou o estilo das HQs com a concepção, o roteiro e a arte da minissérie *Cavaleiro das trevas* (*Dark Knight*) de 1987, em que novas aventuras de Batman foram mostradas de forma bem mais adulta e sombria, redefinindo o personagem. O estilo narrativo cinematográfico e a abordagem inédita, para a época, tornaram a série um dos maiores sucessos editoriais da década de 1980. Miller também foi responsável por outros clássicos, como as histórias definitivas do Demolidor e de Elektra, além das séries *Ronin* e *Sin City*.

Frank Trapper/Corbis/LatinStock

GARFIELD Nos anos 1970, Jim Davis lançou, em tiras, as histórias de um gato gordo, preguiçoso e mal-humorado: Garfield, um verdadeiro anti-herói. Especializado em comer lasanha, dormir e fazer da vida de seu dono, Jon, um inferno, Garfield é um dos animais mais populares nos quadrinhos (e nos desenhos animados), perdendo apenas para o cachorro Snoopy.

GAVIÃO NEGRO Criado inicialmente por Gardner Fox, desenhado por Dennis Neville, Hawkman surgiu na década de 1940, sendo chamado Falcão da Noite no Brasil. Em 1961, desenhado por Joe Kubert, renasceu para os quadrinhos com algumas modificações: ele é Katar Hal, policial alado do planeta Thanagar que, em sua estada na Terra — com a companheira Shayera —, usa o nome Carter Hall. Entre nós, passou a ser chamado Gavião Negro. Publicado pela DC.

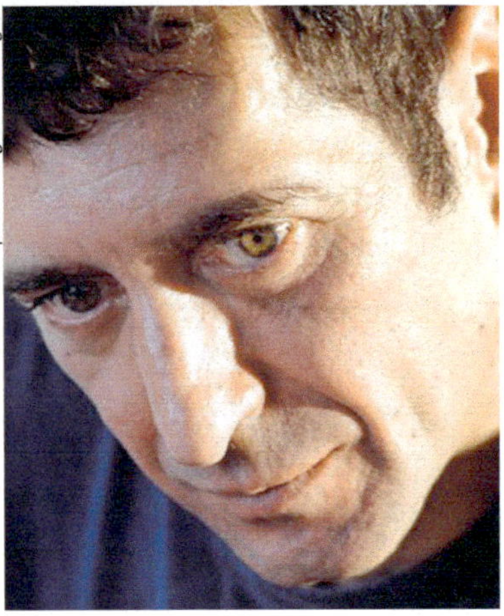

Raphael Falavigna/Folha Imagem

HAYAO MIYAZAKI Um dos mais importantes animadores do Japão, Miyazaki criou a história de ficção científica *Nausicaä do Vale do Vento*, que foi adaptada para o cinema com grande sucesso. Depois vieram *A princesa Mononoke* (*Mononoke-Hime*), em 1997, e *A viagem de Chihiro* (*Sen to Chihiro no kamikakushi*), que recebeu o Oscar de melhor longa de animação em 2002.

GLAUCO Criador de Geraldão e Geraldinho, Glauco foi um dos irreverentes desenhistas brasileiros que publicou suas tiras nos jornais. Criou também os personagens Zé do Apocalipse, Dona Marta e vários outros. Parceiro de Angeli e Laerte na sátira *Los 3 amigos*.

Haruyoshi Yamaguchi/Corbis/LatinStock

HENFIL Um dos maiores gênios do desenho nacional, Henrique de Souza Filho ficou conhecido do público pelas tiras publicadas no *Pasquim*, tabloide satírico que, nas mãos de Jaguar, Ziraldo, Fortuna e outros desenhistas, criou fantásticos momentos de crítica social e política — apesar da censura que imperava nos anos de 1960-70. Henfil criou o Fradim e a turma da Caatinga (Graúna, o cangaceiro Zeferino e o bode Francisco Orelana). Seu traço despojado e solto inovou as HQs brasileiras.

Itaci/Editora Abril

HOMEM-ARANHA

Criado por Stan Lee e Steve Dikto, em 1962, para a Marvel Comics, o Homem-Aranha é Peter Parker, jovem que, após ter sido picado por uma aranha contaminada por radiação, adquire a faculdade de subir em paredes e um extraordinário sexto sentido aracnídeo. Lutando contra o crime, mas sempre angustiado e afogado em problemas, o Aranha foi outro personagem que evoluiu com o passar dos anos: a princípio um estudante vivendo com sua tia, depois se formou, foi morar sozinho e até se casou. Personagem da Marvel, também faz muito sucesso no cinema.

HULK O Incrível Hulk foi criado por Stan Lee em 1962. É a identidade secreta de Bruce Banner, cientista que, exposto a certa dose de radiação num acidente, adquire a capacidade de (toda vez que sente raiva, e contra sua vontade) transformar-se em Hulk, um humanoide enorme, verde e destrutivo. Ao cessar a transformação, o pobre Banner não se lembra de quaisquer barbaridades que Hulk tenha cometido. Personagem da Marvel. Quando foi protagonista de uma série de TV, na década de 1970, ele era chamado David Banner.

IMAGE Companhia de quadrinhos fundada em 1992 pelos artistas Todd McFarlane, Rob Liefield e Jim Lee, publicou quadrinhos de sucesso como *Youngblood*, *Spawn* e *Wild C.A.T.S.*, provando que nem só de Marvel e DC vive o mundo das HQs.

JUIZ DREDD Judge Dredd foi criado na Inglaterra por Pat Mills e John Wagner, para a revista 2000 AD, em 1977. Distribuídas pela DC nos Estados Unidos, as aventuras do Juiz Dredd retratam a vida no futuro da Terra, após um holocausto nuclear. Nessa época, há juízes treinados para julgar os crimes e executar os culpados, e Dredd é um deles.

LAERTE Talentoso desenhista brasileiro criador das tiras *Piratas do Tietê, O Condomínio, Os Gatos, Overman, Deus* e várias outras HQs hilariantes. Laerte satiriza a vida urbana com seu traço preciso e o uso chocante dos contrastes branco/preto. Parceiro de Angeli e Glauco na sátira *Los 3 amigos*.

LOBO SOLITÁRIO Com roteiro de Kazuo Koike e arte de Goseki Kojima, este mangá clássico conta a história de Itto Ogami, um *ronin* — samurai que caiu em desgraça após a morte de seu xogum. Tornou-se um matador de aluguel, que viaja pelo Japão medieval levando seu filho de três anos, Daigoro, em busca de vingança e redenção.

LULUZINHA *Little Lulu* foi criada por Marjorie Henderson Bull em 1935, no jornal *Saturday Evening Post*. Em 1948 ganhou revista própria; foi desenhada por John Stanley, Woody Kimbrell, Del Connel, Roger Armstrong. Luluzinha ficou conhecida em todo o mundo, assim como seus amigos Bolinha, Aninha, Glória e as bruxas Alceia e Memeia. Distribuída pela Dell Publishing Company.

O mundo da Mafalda. Joaquín Salvador Lavado (Quino). São Paulo: Martins Fontes, 1999.

MAFALDA Genial criação do desenhista argentino Quino, Mafalda e seus companheiros, Manolito e Susanita, surgiram nos anos 1950, criticando lucidamente as realidades sociais e políticas da América Latina.

MANGÁS A palavra *mangá* vem do século XIX; em 1814, Hokusai, famoso artista japonês, usou-a para dar nome a alguns de seus rascunhos. Um dos sentidos atribuídos aos dois ideogramas que formam a palavra seria “imagens irresponsáveis”. Outro seria: *man* (caricatura) e *gwá* (desenho). Seja como for, o termo *mangá* define as revistas em quadrinhos do Japão. Nesse país, trata-se de uma indústria milionária, com os mangakás (desenhistas) produzindo milhares de revistas que apresentam um estilo distinto e técnicas narrativas peculiares.

Conrad Editora

A partir da década de 1980, os quadrinhos japoneses passaram a influenciar as HQs por todo o mundo, e hoje os mangás traduzidos são lidos em toda parte, inclusive no Brasil. Alguns exemplos: *Be-bop High School*, *Evangelion*, *Vagabond*, *Ghost in the Shell*. Mangás como *Dragonball* e *Pókemon* se tornaram animês (desenhos animados) e jogos de sucesso pelo mundo.

MANDRAKE Criado por Lee Falk e Phil Davis em 1934, Mandrake é um mágico cujas aventuras se espalharam pelo mundo. Acompanhado pelo criado Lothar, e eternamente apaixonado pela bela Narda, Mandrake vence seus inimigos usando a ilusão, o hipnotismo, a magia. Distribuído pela King Features Syndicate, entre outras agências.

MICKEY Mickey Mouse foi o personagem que deu impulso aos Estúdios Disney. Criado em 1927 para o desenho animado *Plane Crazy*, ainda no cinema mudo, o rato Mickey apareceu num dos primeiros desenhos sonoros da história, *Steamboat Willie*. Em 1929, Mickey passou a viver aventuras diárias nos jornais, desenhado por Ub Iwerks, Win Smith e, finalmente, Floyd Gottfredson, que o desenharia por 45 anos.

MÔNICA Personagem mais conhecida entre todas as criadas pelo artista e empresário brasileiro Mauricio de Sousa, que iniciou sua carreira em 1959 com tiras do cachorrinho Bidu. Inicialmente desenhada com base na filha homônima de Mauricio, Mônica é uma garota forte, decidida, que não leva desaforo pra casa – mas não deixa de ser feminina e sensível. Para dar o troco aos meninos, que costumam provocá-la, ela sempre recorre a seu coelhinho de pelúcia. Fazem parte da Turma da Mônica também Magali, Franjinha, o Anjinho e várias crianças, além dos respectivos pais.

2007 Ibañez/Dargaud Editeur/Ipress

MORTADELO E SALAMINHO

Criados pelo desenhista espanhol Ibañez, os inacreditáveis Mortadelo e Salaminho são agentes secretos a serviço da T.I.A., organização de espionagem europeia. Publicados no Brasil entre as décadas de 1960 e 1970, seus gibis são hoje raros.

MULHER MARAVILHA *Wonder Woman* surgiu em 1942, criada por Charles Moulton para a DC, como a contrapartida feminina de Super-Homem, Capitão Marvel e tantos outros heróis ultramachistas. A Mulher Maravilha veio de uma ilha habitada apenas por mulheres e, sob uma identidade secreta, luta pela justiça e pela liberdade, usando um cinto e braceletes feitos da superpoderosa substância *Feminum*. Com Super-Homem, Batman, Aquaman, Flash, Lanterna Verde e outros, ela integra o grupo *Liga da Justiça América*.

Eric Fougere/VIP Images/Corbis/LatinStock

NEIL GAIMAN Esse escritor inglês é um dos maiores responsáveis pela renovação das HQs a partir do final da década de 1980. Ao roteirizar as aventuras do antigo Sandman, transformou-o no semideus Morpheus, o Mestre dos Sonhos, um dos mais amados personagens de todos os tempos. Gaiman também foi responsável pelas séries *Orquídea Negra* e *Livros da Magia*. Como escritor, lançou os livros *Belas maldições, Deuses americanos, Os filhos de Anansi* e outros. Sua literatura mescla mitos ancestrais às inquietações modernas, num estilo inconfundível.

NÍQUEL NÁUSEA

Personagem de tiras criado por Fernando Gonsales, Níquel Náusea é um rato que satiriza Mickey Mouse e os pasteurizados animais humanizados de Disney: vive nos esgotos e convive com toda sorte de personagens repugnantes, como as baratas. Seu traço é anguloso, estilizado e muito expressivo.

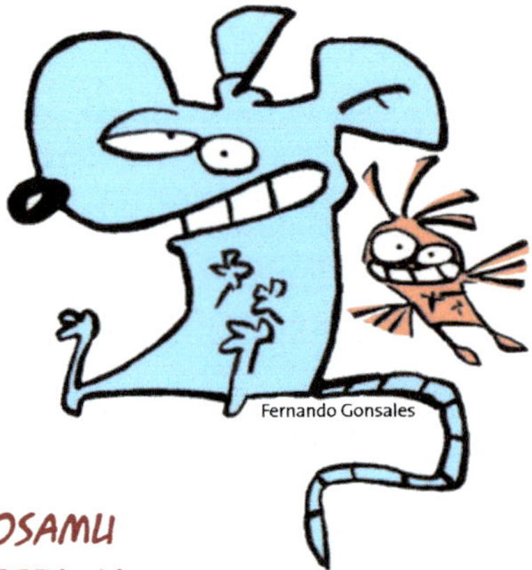

Fernando Gonsales

OSAMU TEZUKA

Considerado o homem que revolucionou as histórias em quadrinhos no Japão, Tezuka introduziu nos mangás técnicas narrativas cinematográficas e popularizou no mundo os personagens de olhos grandes... Também produziu animês e criou clássicos como *Astro Boy* (*Tetsuwan Atom*); *Kimba, o Leão branco* (*Jungle Taitei*); *A princesa e o cavaleiro* — além de longas de animação para o cinema. Responsável por texto e desenhos, Tezuka influenciou várias gerações de artistas de mangá e animê. Seu mangá épico *Hi no Tori* (também chamado *Fênix*) é considerado uma das maiores obras-primas de todos os tempos.

PATO DONALD

Criado por Ub Iwerks para os Estúdios Disney em 1934, *Donald Duck* estreou no curta de animação *The Wise Little Hen* (*A galinha sabida*). Mais tarde foi desenhado por Al Taliaferro, adquirindo o caráter irritado e briguento. Contracenou com Mickey e Pateta, acabou fazendo sucesso nas tiras de jornais e ganhando sua própria família — a namorada Margarida, os sobrinhos Huguinho, Zezinho e Luizinho, o tio Patinhas.

Reprodução autorizada/The Walt Disney Company

2007 King Features/Ipress

PRÍNCIPE VALENTE

Aventura clássica criada por Harold Foster em 1937, o *Príncipe Valente nos tempos do Rei Arthur* retrata a vida dos cavaleiros andantes na Idade Média, mesclando a ficção e a realidade histórica. O desenho segue um levantamento rigoroso da arquitetura, dos figurinos e cenários medievais.

POPEYE Criado por Elsie Segar em 1929, Popeye se tornou o mais popular marinheiro de todos os tempos, em quadrinhos e em desenhos animados. Sempre às voltas com sua namorada Olívia Palito e o adversário Brutus, Popeye adquire força sobre-humana quando come espinafre. Tem gibis distribuídos por várias agências, como King Features, Dell P. C. e Charlton Comics.

2007 King Features/Ipress

O REI LEÃO Desenho animado dos Estúdios Disney, lançado em 1994. Adaptando o enredo da peça *Hamlet*, de Shakespeare, conta a história de Simba, um leãozinho. Lembra bastante o roteiro do animê de Osamu Tezuka, *Jungle Taitei*.

ROBIN O menino-prodígio, criado em 1940 para ser companheiro de Batman, é a identidade secreta do jovem Dick Grayson, "pupilo" do milionário Bruce Wayne. Houve ainda outros "Robins" na carreira do homem--morcego, como Jason Todd (morto pelo Coringa) e Tim Drake. Grayson foi o Robin retratado no seriado de TV dos anos 1960 e no filme *Batman Forever*, de 1994.

Conrad Editora

SANDMAN A princípio, Sandman era um personagem esquecido da DC Comics; mas quando, em 1989, o inglês Neil Gaiman foi chamado para criar uma revista com ele, Sandman se transformou em um semideus, Morpheus, o Mestre dos Sonhos, com o visual de um roqueiro dos anos 1970. Sua revista se tornou *cult* e marcou época, renovando totalmente os quadrinhos para adultos, com personagens misteriosos, como os Perpétuos, e roteiros extremamente inteligentes.

2007 King Features/Ipress

SOBRINHOS DO CAPITÃO Em 1896 apareceram, na recém-inaugurada seção de quadrinhos do *New York Journal*, as aventuras de *Katzenjammer Kids*, os Sobrinhos do Capitão. Desenhadas por Rudolph Dirks, apenas dois anos após o aparecimento do Yellow Kid (este considerado a rigor o primeiro exemplo típico de história em quadrinhos utilizando balões de fala), os Sobrinhos do Capitão foram pioneiros em viver aventuras completas e lógicas, com os personagens mostrando caráter definido e coerente, que se mantém atual — com as peças hilariantes que os terríveis garotos pregam no autoritário Capitão.

SPAWN Um dos maiores sucessos dos quadrinhos nos anos 1990, Spawn foi criado por Todd McFarlane. Tudo começa quando Al Simmons morre, vai para o Inferno... e se torna um soldado em treinamento das forças infernais. Ele recebe um simbionte, com quem se une, e vem para a terra cumprir missões, como Spawn.

SUPER-HOMEM Nos anos 1930, dois jovens de Cleveland, Ohio, desenvolveram um personagem diferente: uma criança remanescente da destruição do distante planeta Krypton, que é enviada à Terra. Encontrado pela família Kent, o menino, chamado pelos pais adotivos de Clark, demonstra possuir força sobre-humana, capacidade de voar e visão de raio-X; quando cresce passa a usar seus poderes para combater o crime. Jerry Siegel, escritor, e Joe Shuster, desenhista, colocaram no papel essa aventura e passaram anos tentando publicá-la. Em 1934 haviam aparecido os primeiros gibis (*comic books*), mas só em 1938 os autores conseguiram editá-la na *Action Comics Magazine*. As histórias do Super-Homem caíram no gosto do público, necessitado de um herói acima das possibilidades humanas, para compensar o clima de insegurança e medo que o despertar da Segunda Guerra Mundial espalhava na América. Seguido por milhares de imitações, numa verdadeira inflação de super-heróis de todos os feitios, o Super-Homem, publicado pela DC, foi o pioneiro e inaugurou uma nova fase na história dos quadrinhos no mundo. Também muito popular no cinema e na televisão.

TARZAN Em 1912 o escritor Edgard Rice Burroughs lançou seu romance *Tarzan of the Apes*, iniciando a saga do homem-macaco. Em 1929 surgiu nos jornais a versão em quadrinhos para o personagem, desenhado por Hal Foster (nas edições dominicais) e Rex Maxon (nas tiras diárias). Porém, somente quando passou a ser desenhado por Burne Hogarth, Tarzan se firmou como um dos grandes heróis das HQs. O desenho de Hogarth marcou época pelo detalhismo, a perfeição na anatomia humana e animal e a belíssima composição de cada quadrinho. Tem gibis publicados pela DC, Dell, Marvel e outras agências.

2007 Hergé/Le Lombard/Ipress

TINTIM É um herói juvenil, um garoto que vive incríveis aventuras e decifra mistérios, acompanhado por seu cachorro Milou. Criado pelo desenhista belga Hergé, em 1929, Tintim — publicado em álbuns grandes com histórias completas — marcou época no quadrinho europeu, com seu desenho extremamente detalhista e requintado.

Reprodução autorizada/The Walt Disney Company

TIO PATINHAS *Scrooge McDuck* foi criado em 1947, por Carl Barks, nos Estúdios Disney, baseado no personagem Scrooge do livro *Um espírito de Natal*, do escritor inglês Charles Dickens. O avarento tio do Pato Donald é um milionário (ou quaquilionário) que nasceu na Escócia, emigrou para a América e fez fortuna com a ajuda de sua moedinha da sorte. Perseguido pelos Irmãos Metralha, pela Maga Patalógica e por vários outros bandidos, Tio Patinhas chegou a protagonizar as histórias chamadas *Duck Tales*, em animação e em quadrinhos, acompanhado por personagens novos, como a governanta Madame Patilda e o Capitão Bóing.

VERTIGO Selo da DC que reúne os títulos da editora mais ligados a horror e mistério. Nesse selo foram publicados os clássicos *Sandman* e *Hellblazer*, este contando as aventuras de John Constantine, lidando com o oculto e o sombrio.

WATCHMEN Na década de 1980, Alan Moore e Dave Gibbons lançaram a maxissérie *Watchmen,* trazendo histórias sombrias que mudaram a forma de enxergarmos os gibis de super-heróis. A série mostra de forma realista o que aconteceria em nosso mundo se os superseres existissem de verdade e entrassem em conflito com as autoridades constituídas. Fez muita gente pensar...

WOLVERINE Chamado Logan, um dos mais populares mutantes dos X-Men, Wolverine é um canadense mal-humorado que possui extraordinária capacidade de recuperação de ferimentos, tendo o esqueleto revestido de Adamantium, o metal mais duro existente. De suas mãos surgem garras retráteis, que se tornam uma poderosa arma. Numa batalha dos X-Men contra Magneto, Logan chegou a perder o Adamantium que revestia seu corpo.

X-MEN Criados em 1963, por Stan Lee e Jack Kirby para a Marvel, a maioria dos heróis pertencentes ao grupo X-Men não passa de pessoas que nasceram com algum tipo de mutação genética — o que os torna sobre-humanos em dezenas de formas diferentes. Embora perseguidos pelos preconceitos da opinião pública, ainda assim esses heróis lutam pela justiça. Diferentes dos personagens comuns, alguns X-Men chegam a morrer nas histórias, dando lugar a outros mutantes que surgem. Os primeiros membros do grupo reunido pelo professor Charles Xavier foram Ciclope, Anjo, Garota Marvel, Homem de Gelo e Fera. Depois vieram Ororo, Wolverine, Colossus, Ninfa, Noturno, Destrutor, Longshot, Cristal, Psilocke, Vampira, Gambitt, Polaris, Jubileu e muitos, muitos, muitos outros.

ZÉ CARIOCA *Joe Carioca* surgiu em 1943, em esboços realizados por Walt Disney numa visita ao Brasil. Como parte de um esforço americano para estabelecer boas relações com os países latinos em época de guerra, foram criados alguns personagens para contracenar com o Pato Donald nos filmes *Saludos Amigos* (*Alô amigos*) e *The Three Caballeros* (*Você já foi à Bahia?*), entre eles o papagaio Zé Carioca. Em 1950 surgiu no Brasil a Editora Abril, publicando a revista *O Pato Donald*, já com a participação de Zé Carioca. Em 1951 sairia na mesma revista a primeira história em quadrinhos desse papagaio folgado, que mora no Rio, namora Rosinha e adora futebol e feijoada.

SOBRE O ILUSTRADOR

Arquivo pessoal

AMILCAR PINNA

Amilcar Oliveira Pinna nasceu em Ilhabela, litoral norte de São Paulo, em 1979. Desenvolveu gosto por desenho ainda pequeno, e desde então não parou mais de desenhar.

Veio para São Paulo, em 2005, e começou a trabalhar com histórias em quadrinhos, ilustração e tudo que envolve desenho. Fez cursos na antiga Fábrica de Quadrinhos e na Quanta Academia de Artes, onde estudou anatomia de super-heróis com Roger Cruz, entre outros cursos.

Desenhou uma história em quadrinhos do personagem de Marcelo Campos, o "Quebra Queixo", fez capa para Dark Horse e uma *pinup* para uma editora do Egito.

Sempre curtiu histórias em quadrinhos, mangás e desenhos animados japoneses.

ESTE LIVRO FOI COMPOSTO
EM THE SERIF PELA NEGRITO
PRODUÇÃO EDITORIAL
PARA A EDITORA SCIPIONE E
IMPRESSO EM PAPEL OFF-SET
E COUCHÉ, EM SÃO PAULO.